Rêver sous les coups

Direction de la publication : Isabelle Jeuge-Maynart et Ghislaine Stora
Direction éditoriale : Élodie Bourdon
Édition : Mélissa Lagrange
Conception de la couverture : Clémentine Tanguy
Conception de la maquette intérieure et mise en pages : Nord Compo
Préparation de copie : David Lerozier
Relecture : Laurence Joan-Grangé
Fabrication : Nicolas Jover

Les Éditions Larousse utilisent des papiers composés de fibres naturelles, renouvelables, recyclables et fabriquées à partir de bois issus de forêts qui adoptent un système d'aménagement durable. En outre, les Éditions Larousse attendent de leurs fournisseurs de papier qu'ils s'inscrivent dans une démarche de certification environnementale reconnue.

ISBN : 978-2-03-600855-7

Pour des raisons de confidentialité, les noms et/ou prénoms de certaines personnes ont été modifiés.

Un récit de Mohamed Bouhafsi

Avec Géraldine Maillet

Rêver sous les coups

LAROUSSE

« La force et la violence sont des dieux solitaires.
Ils ne donnent rien au souvenir. »

Albert Camus

« Oh mon Dieu,
Oh mon Dieu,
Aide mon fils à dormir et éloigne-nous
de tous les maux. »

Maman

À ma maman,
Nassira, sans qui rien n'aurait été possible,
À ma femme, Angeline,
qui me rend meilleur et me donne foi dans le futur,
À ma sœur Linda, qui m'a ouvert la voie,
À mon frère Amine, et à Nadir et Aïda
qui m'ont protégé,
À ma belle-sœur Laureline,
sans qui l'idée de ce récit n'existerait pas.

« Les trois gifles assénées ont été suffisamment puissantes pour déséquilibrer Daoudja. Dans sa chute, le petit garçon de six ans aurait heurté le coin d'une table basse. C'est en tout cas ce qu'a déclaré aux enquêteurs son père, un homme de quarante-cinq ans. Seule certitude, l'enfant a fini par convulser et a sombré dans le coma.

Vendredi dernier, lorsque les secours sont arrivés dans l'appartement du centre-ville de Tremblay (Seine-Saint-Denis), l'enfant était en arrêt cardio-respiratoire. Transporté à l'hôpital Necker (Paris XVe), il n'a jamais pu être ranimé. Il est mort dimanche peu avant minuit. »

31 mars 2020, *Le Parisien*

Avant-propos

Mars 2020.

Le monde est confiné.

Ce soir-là, comme tous les soirs, c'est mon rituel. Vers 22 heures, je sors Gipsee, la chienne de ma compagne. Les rues sont désertes, glacées. Paris ne fait pas un bruit.

Les cent pas sur le trottoir, mon fil Instagram, quelques *likes*, les chiffres sur la pandémie, un SMS à ma maman, des hurlements, un mail à Antoine, le producteur de mon émission, le flot Twitter, lecture de mes MP, des hurlements, la réponse d'Antoine, celle de ma maman, changement de fond d'écran avec une photo d'Angeline et moi cet été, à Saint-Tropez, création d'un groupe WhatsApp, *#NOMOREPARTY,* avec mes meilleurs amis Hugo et Malek, report de Roland-Garros, report de l'Euro 2020, report des Jeux d'été de Tokyo, report du Marathon de Paris…

Des hurlements. Ils proviennent du premier étage d'un appartement de l'avenue de Versailles.

Vite, partir, fuir, échapper à ces maudits décibels. Les cris me poursuivent. Ceux d'un enfant terrorisé. Pas un enfant affamé, ni un enfant qui s'est fait mal ou s'est fait gronder pour une bêtise. Non, un enfant qui aurait pu être moi vingt-cinq ans auparavant. Un enfant comme Daoudja mort sous les coups de son père quelques jours plus tôt parce qu'il n'arrivait pas à faire ses devoirs. Un enfant en panique, un enfant sacrifié, battu.

Ma vie bascule

Quand je replonge dans mon passé, tout est flou. J'ai des bouffées de souvenirs, des bribes de quotidien. La maternelle joyeuse à Paris, Samuel, mon meilleur ami qui m'invite toujours, mais que je n'invite jamais, le déracinement en banlieue, les posters de Zinédine Zidane et les allers-retours aux urgences pour recoudre une arcade. La mienne ou celle de maman.

J'ai une impression chaotique, diffuse. Je n'ai pas d'albums photo, pas de films de vacances, peu de Noëls en famille. Ma mémoire défaillante a fait le tri. Elle a opté pour un *reset* général. Pourtant, même si, au fil des années, je me suis employé à tout cacher, à tout enfouir, à tout gommer, je dois essayer de parler aujourd'hui. Il est temps de puiser au plus profond de moi. Ma tribune pour le *Journal du dimanche* publiée après le drame de

Daoudja et ces cris perdus dans la nuit parisienne ont été un déclic et ont amorcé mon travail de résilience. Devant les réactions unanimes après mes prises de parole chez Jean-Jacques Bourdin ou à *Quotidien*, je dois continuer, poursuivre le chemin. Tous me l'ont demandé. Anonymes, stars, hommes politiques. Mais surtout celles et ceux au front, Fabienne Quiriau, la directrice générale de la CNAPE, une fédération d'associations pour la protection de l'enfance, Isabelle Debré, la présidente de L'Enfant bleu, qui me propose d'en devenir le parrain. Il s'agit maintenant de concrétiser mon engagement. D'aider.

Mon credo doit être utile à d'autres : se construire avec et jamais contre.

Je suis le porte-voix de dizaines d'enfants. Je n'ai pas de rôle ni de mission, mais j'éprouve une responsabilité. Ma parole doit en libérer d'autres. Je me sens le grand frère de tous ces enfants meurtris et maltraités.

Ce sont eux qui me donnent le courage de tout raconter.

Né le 17 mai 1992, à Oran

Quand je demande à maman de me raconter ma naissance, elle reste évasive.

« Tu es né sans pleurer. Dès que la sage-femme t'a mis dans les bras de ton papa, tu t'es recroquevillé et tu as hurlé de toutes tes forces. »

Rien d'autre, maman ? Je finissais par me calmer, j'avais droit à une berceuse, je m'endormais contre lui ? « Non, tu pleurais et c'est tout. Je devais te reprendre à chaque fois. Mais il n'y a pas eu beaucoup de fois. »

Maman

Je vois bien que maman m'aime plus que M., papa, mon père. Maman, c'est les câlins, les baisers, les compliments, les rires, les sorties scolaires, les vêtements Sergent Major et TonyBoy trop stylés, les anniversaires surprises au McDo de la Gare du Nord, les histoires pour m'endormir, les promesses, les rêves. Lui, c'est les critiques, les absences, les gifles, les cris, les dents cassées, les cuites, les meubles renversés. J'ai beau chercher, fouiller, la fin de l'histoire avec lui est toujours dégueulasse.

Je comprends que maman me donne tout l'amour qu'il est incapable de m'offrir. Elle est là pour équilibrer et j'ai de la chance. Ma petite enfance est une succession de coups à prendre et de coups à éviter. Maman et moi, on doit faire bloc. J'ai peur pour elle et je sens qu'elle a peur pour moi. On est indissociables, liés pour toujours contre lui.

Si je la lâche, elle meurt ; si je faiblis, elle ne s'en sortira pas.

Maman est mon héroïne, ma vie. Elle est belle, forte, courageuse. Je la suis partout à la trace. Il est hors de question que je reste seul à la maison en attendant qu'elle rentre du travail. On ne sait jamais. Je suis encore trop petit. Et c'est dangereux.

Let me Raï

Maman gère le *Paris Athènes* en face de la Gare du Nord. Le bar est à papa, mais c'est maman qui y travaille. J'adore cet endroit. Il y a des gens de tous les styles et de toutes les couleurs. Les éboueurs prennent un café avec les migrants qui prennent une cigarette avec les petits vieux du quartier. Il y a toujours des croissants sur l'immense comptoir et *Douha Alia* de Cheb Mami dans les enceintes. Kader, un sans-papiers avec des trapèzes de boxeur, m'apprend à jouer au baby-foot et au flipper *Demolition Man.* J'ai droit à un sandwich thon-crudités pour dîner puis je m'endors sur la banquette en skaï marron qui fait transpirer ma joue. Je suis le roi du *Paris Athènes*.

À 23 heures, maman me réveille, c'est la fermeture. Elle me prend dans ses bras, je cale mon visage dans son cou. Elle est épuisée par sa journée à rallonge, mais on habite tout à côté et elle insiste pour me porter.

La porte s'ouvre. Papa est assis sur le canapé, entouré de cadavres de bières. Son regard de reproche quoi qu'on fasse ou dise. On est surpris qu'il soit déjà rentré, et avec maman on n'a pas trop confiance dans les surprises. Normalement, il rentre plus tard. Ivre, plus ou moins agacé suivant le montant perdu aux dominos ou aux machines à sous, mais si on dort, il ne nous réveille pas.

Maman me donne les instructions comme une automate. « Va dans ta chambre, mon chéri. Pyjama, les dents et dodo. » Papa se lève. Il se met à la cogner. Il y a du sang. Je veux protéger maman, je tente de m'interposer. Mon petit corps se bloque entre les jambes de maman comme un rempart, une barrière. Je valdingue. Papa est en train de la démolir. Maman se recroqueville, le supplie d'arrêter. J'ai peur que maman meure sous mes yeux. Ça sera de ma faute. Je pleure, je morfle, il se défoule sur moi.

De notre rez-de-chaussée rue Saint-Vincent-de-Paul à l'hôpital Lariboisière, pile cent mètres : on a bien choisi notre maison.

L'interne de garde nous pose des questions. « Comment vous vous êtes fait ça ? – La table. – Vous êtes sûrs ? Tu as envie de me dire quelque chose, petit bonhomme. – La table, monsieur. – Ça ne peut pas être une table, jeune homme. – Mais non, c'est la table, c'est la table, je vous jure. »

Les paroles de Cheb Hasni… « Ne pleure pas, dis-toi que cela est mon destin. » On n'a pas de pacte, mais on se tait. Maman n'a pas ses papiers. Maman n'a pas le droit d'être en France, c'est une clandestine. Elle peut rester grâce à papa, chef des papiers et donc chef de nous. C'est ce qu'il lui répète tous les jours. Si tu bouges, tu dégages, et Mohamed, tu ne le revois plus jamais de ta vie.

Je grelotte en imaginant le moindre mot de travers de ma part. Si maman me perd… Chut, tais-toi, Mohamed. Répète en boucle au docteur que tu as glissé contre la table. Et puis quand tu y retourneras, dans quelques jours, quelques semaines, le médecin aura changé et tu lui feras un grand sourire.

Quand j'essaie de m'endormir, blotti contre mon doudou Mita, je fais la liste des belles choses qui m'entourent : Paris, la tour Eiffel, l'Arc de triomphe, la maternelle Saint-Vincent-de-Paul, mon déguisement de cow-boy, mes empereurs, mes soldats, mes tanks, mes hélicoptères, mes licornes, mes trains électriques, *Le Bus magique*, *Hé Arnold !*, le *Paris Athènes*.

Je me fais surtout la promesse de sauver maman.

Son ring

Les soirées se suivent et se ressemblent. Papa tape. Parfois, maman répond ; parfois, maman laisse passer l'orage. Dans ma tête, je compte les jours entre deux crises. Lundi, vendredi, mardi, dimanche, j'espère souffler pendant quatre jours.

Le rythme s'accélère. Les semaines défilent, les coups redoublent.

Quand maman se défend, c'est pire. Ça me réveille.

« Regarde-toi comment t'es habillée, pauvre traînée. Tu veux te faire remarquer ou quoi ? Et depuis quand tu mets des talons pour travailler. Tu m'étonnes que tu ramènes toujours moins de fric si tu penses qu'à faire la belle. – Si tu étais aussi jaloux que ça, tu serais avec moi derrière le bar, tu ne me laisserais pas seule et tu dépenserais pas toute la caisse à jouer et à picoler. »

Ma seule question à chaque fois, c'est de savoir si j'interviens ou si je reste caché ? J'interromps le calvaire de maman ou je fais le lâche ? « Papa, papa, arrête ! Papa, papa, pourquoi tu fais ça, qu'est-ce qui se passe ? »

Une droite. L'arcade de maman gicle.

Je sers à si peu.

Secret de famille

Ce soir-là, il neige.

Je regarde les flocons par la fenêtre. J'aimerais bien aller au ski, en colonie de vacances, il y a des copains qui font ça. Mais pour ça, il faudrait laisser maman toute seule, alors ce n'est pas une bonne idée.

Une Mercedes aux vitres teintées se gare devant notre immeuble.

Elle est énorme, cette voiture, dans notre rue si petite.

Je la montre à papa qui blêmit, puis se précipite dehors.

Un homme en costume sort de la voiture, suivi par une femme en djellaba.

Une dispute éclate avec papa. Je ne comprends pas ce qui se passe.

« Ne t'inquiète pas, Mohamed. Tout va bien se passer. Ton père va tout régler. – C'est qui ces gens, maman ? – Personne ! Tu n'as pas de souci à te faire. Ils vont repartir. »

Dehors, les cris redoublent. Le costume et la djellaba tentent de s'introduire dans notre immeuble. Mon père les repousse violemment. Ça parle arabe très fort. « Non, vous ne rentrez pas, il y a personne dans la maison. – Arrête M., cette mascarade a trop duré, tu dois rentrer en Algérie et revenir dans le droit chemin. » On dirait que papa se fait disputer et qu'il va prendre une fessée.

Maman est paniquée. Je ne l'ai jamais vue si mal, si faible. Elle pleure plus que sous les coups de papa. Pourquoi ? Maman m'aime, mais à quel prix. Je me sens responsable de tout, mais je ne sais pas de quoi.

La voiture finit par repartir. Je dois aller me coucher sans un mot. « Un jour, je t'expliquerai, Mohamed, mon amour, ma vie. » J'ai l'impression de vivre entouré de secrets. Je laisse papa affalé sur le canapé devant la télévision et maman ranger la cuisine.

Dans mon lit, j'analyse le moindre bruit suspect. Rien. Un silence total. J'étouffe mon doudou contre mon cœur. « Empêche-moi de pleurer, Mita. Je ne dois pas me faire remarquer. » La peur tout le temps et partout. La peur du réveil au coucher. La peur dans la nuit au moindre bruit. La peur dans la rue. La peur à la sortie de la maternelle. La peur de la porte qui s'ouvre. La porte d'une voiture garée en double file devant la maison. La peur du moindre retard de maman.

La peur quand les questions se font insistantes. La peur comme une seconde nature.

Fashion victim

Maman revient avec un tee-shirt jaune et bleu de chez Sergent Major. Je suis trop content. Je veux le porter tout de suite pour faire une photo. Ça la rend joyeuse, maman, de me rendre heureux. Après, on fait le programme. Ce week-end, on ira au McDo avec mon pote Samuel. Elle a appelé ses parents, ils sont d'accord.

Papa débarque. Je lui saute dessus pour lui montrer mon tee-shirt de grand. Je n'aime pas l'odeur de la bouche de papa quand il rentre avec cette tête et qu'il marche pas droit. Il me repousse. Pas le temps pour moi, plus pour maman. « Pourquoi tu ne vas pas chez Tati comme tout le monde ? Pourquoi tu dépenses bêtement de l'argent pour Mohamed. Tu te prends pour qui ? Tu crois que tu peux te permettre de claquer du blé comme ça ? »

J'ai mon cadeau et maman sa beigne.

Dans ma chambre, je me fais la promesse de garder ce tee-shirt toute ma vie.

Kader

Kader vient tous les jours au *Paris Athènes*. Il est grand, musclé et a plein d'amoureuses. Kader me fait faire de la corde à sauter au parc. Kader me fait écouter Bonnie Tyler et A-ha. Kader me raconte son travail de gardiennage avec des gros chiens trop dangereux. Kader me met sur ses épaules de bodybuilder pour m'emmener dans les fast-foods et les kebabs de Max-Dormoy.

C'est mon deuxième papa. Il est gentil, patient, drôle et super balèze en pompes.

Je ne sais pas si ça me rend heureux ou triste d'avoir Kader dans ma vie. Si papa était comme il faut, je n'aurais pas besoin de lui.

D'autant qu'il sait ou qu'il se doute.

Un jour, au comptoir, il propose à maman de l'aide. « Tu veux que j'aille lui régler son compte ?
– Non, merci, Kader, tout va bien. »

Si maman le dit, c'est que ça doit être vrai.

Un plus une sans moi

Après deux semaines de voyage, papa revient d'Algérie avec une valise de billets.

Il est dans le salon. Son sourire sent l'alcool. Il a mis du Khaled à fond et invite maman à danser. Je les rejoins pour faire bien. Je ne crois pas que je suis heureux. Je veux juste ne pas m'éloigner de maman. On ne sait jamais. Du haut de mes quatre ans, je sais que papa dérape comme personne. Papa peut chanter et cogner dans le même refrain. Maman fait bonne figure. Quinze jours sans lui, son corps a soufflé. Son arcade a cicatrisé. Sa peur s'est dissipée.

Papa nous balance ses billets à la tronche. En sauveur. Pauvre type, mais c'est papa. J'essaie de ne pas le haïr. Lui qui n'a jamais bossé, lui qui est en train de planter le *Paris Athènes* à cause de son alcoolisme et du jeu, lui qui n'est utile qu'à faire du mal, lui qui ne s'est jamais comporté comme un papa ou un mari.

Je le méprise, mais je danse parce que maman a décidé de chanter.

« Je t'aime. – Moi aussi. » Maman et papa s'enlacent quelques secondes. Je serai toujours en trop.

La BAC pour le meilleur et pour le pire

La plupart du temps, les bastons sont silencieuses pour ne pas faire trop de vagues. Mais parfois, on fait un peu plus de vacarme. Maman résiste moins et pleure plus fort ou, au contraire, elle a une telle rage en elle qu'elle imagine avoir le dernier mot. Le salon devient alors un champ de mines.

Ce jour-là, maman prend cher. M. se déchaîne sur elle, et la BAC, prévenue par des voisins, débarque.

Papa leur ouvre la porte.

Je regarde maman, l'air terrorisé. La maîtresse, je connais, les docteurs, je connais, même s'ils posent des dizaines de questions pièges, mais les trois types en uniforme bleu marine, c'est la première fois.

Tout se passe vite. « Vos papiers, monsieur. – Merci. – Vos papiers, madame. »

Maman n'a pas de papiers. Personne ne doit le savoir, c'est un secret. Un des trois policiers la fixe sans vraiment remarquer son crâne ensanglanté et les bibelots éparpillés. Il poursuit.

« Qu'est-ce que vous voulez qu'on fasse avec vous ? On va vous emmener en garde à vue et on va vous expulser. Pour vous, on ne peut rien faire. Si je vous embarque... »

Après, je crois qu'il dit un truc du genre : « Vous ne reverrez pas votre fils. »

Le deuxième est plus agressif et je ne comprends pas tout.

« C'est normal que ça arrive dans les couples de bicots. Chez vous, c'est souvent qu'on tape sa femme. Et de toute façon, les bougnouls, ça ne porte pas plainte. »

Je fixe les trois policiers sans savoir s'ils vont nous aider ou nous abandonner. Je fixe maman qui ne ressemble plus à maman. Avec son visage en sang, tout gonflé, elle ressemble à la sorcière du train fantôme de la foire du Trône.

Le troisième, un jeune blondinet, prend le relais.

« Excusez-nous, madame, pour le comportement de mes deux autres collègues. C'est inacceptable et je suis désolé. Vous voulez qu'on fasse quoi ? Vous portez plainte ? »

La porte peut se refermer. Maman n'a pas de papiers, mais elle a le droit de mourir sous les coups de papa. La France peut beaucoup pour maman et moi, mais elle ne peut pas tout.

Je regarde maman se figer comme une prisonnière.

Papa est dans la cuisine. Il décapsule une bouteille de bière en bombant le torse. Je comprends de plus en plus qu'il a l'ascendant sur elle. Papa, c'est le travail, les papiers, l'appartement. Papa, c'est moi avec maman. Je préfère être battu que sans maman.

Et si on fuit, j'ai l'impression que papa me manquerait. Mais ça, je ne le dis à personne. J'ai honte et maman en mourrait une deuxième fois.

Famille modèle

Ne pas sortir du cadre. C'est une question de vie ou de mort. Si je parle, tout s'effondre. Alors, je ne dis rien et je ne me confie jamais à personne.

Maman m'explique que ce qui compte, c'est de montrer que tout va bien. Rester fier, discret, le plus transparent possible. Même pour elle. C'est pour ça qu'au *Paris Athènes*, tout le monde l'appelle Sandra, parce que Nassira, c'est trop dangereux rapport aux papiers. « Tout va bien, Mohamed. On a de la chance, Sandra, Nassira, franchement, ça n'a aucune importance, mon chéri… »

Maman a raison. J'ai de la chance. Mes anniversaires au McDo de la Gare du Nord sont les plus beaux, mes habits sont tout neufs à chaque rentrée. À l'école, je me régale. J'adore les bonnes notes, les bons points, les compliments. L'école est un cocon, un bunker. Plus j'y suis, moins je suis à la maison et moins je prends de risque.

Maman me répète que je dois viser l'excellence. Je ne sais pas trop ce que ça veut dire, alors elle m'explique qu'en gros, c'est réussir, trouver sa voie, être poli, respectueux. Facile ! Mon métier plus tard, ce sera « Protéger maman pour l'éternité ».

À Saint-Vincent-de-Paul, personne ne sait ou ne se doute. Ni les professeurs ni mes copains. Avec Samuel, mon meilleur ami, je suis devenu le champion des mensonges. « Tu ne peux pas venir à la maison, parce qu'il y a une fuite d'eau, parce que papa travaille, parce qu'il y a des travaux. » On se retrouve à chaque fois chez lui pour les meilleures raisons de la terre…

À l'école, c'est très facile de tout dissimuler. Mes hématomes sont sur le corps, invisibles, ma maman accompagne les sorties scolaires bien maquillée en fonction des bleus au visage ou avec des lunettes de soleil bien larges. Maman, c'est comme Batman, elle cache toujours son vrai visage.

Nous sommes des images. Une jolie famille sans papa, mais les papas travaillent beaucoup et sont peu présents aux spectacles de fin d'année.

Hammam

Maman m'emmène souvent au hammam de Barbès. Elle dit que la vapeur éloigne les mauvaises pensées. C'est notre rituel, une fois par mois, avec ses deux meilleures amies Karima ou Mélodie. J'adore l'odeur d'eucalyptus qui pique le nez et la fumée partout comme dans un film de science-fiction.

Un jour, à cause de l'obscurité et du sol glissant, je me cogne la paupière contre le coin d'un bain chaud.

J'ai très mal, mais je ne dis rien. Je préfère encaisser. D'habitude, maman gère tout ; là, elle n'y arrive pas. Elle s'en veut, pleure, panique, prévient M. Papa débarque en un éclair, il me porte dans ses bras. Je ressens sa force quand il court dans les rues jusqu'à Lariboisière.

Papa, mon bourreau, et là, mon sauveur.

Je ne comprends plus rien, mais je pense que c'est bon signe. Enfin, il a compris. Il va changer. Tout va rentrer dans l'ordre, hein, papa ?

« Alors, petit bonhomme, qu'est-ce qui t'est arrivé ? – Je suis tombé et j'ai glissé contre la baignoire. »

C'est la première fois que je ne mens pas aux urgences. La première fois surtout que j'y vais avec papa, mais pas à cause de lui.

Mon grand-père est une star

Les seules fois où je regarde la télévision avec papa, c'est quand son père passe sur Canal Algérie. C'est un événement à la maison, un silence religieux, un moment de recueillement. « Regarde ton grand-père comme il est beau, il est fort, il est fier. C'est une des personnes les plus importantes d'Algérie. » Je me dis surtout que c'est le monsieur qui criait sur mon père l'autre fois. Le monsieur dangereux et méchant dans la berceuse de maman. « Regarde ton grand-père, c'est un haut dignitaire du régime, c'est un proche de Bouteflika, c'est un ancien dirigeant de l'association des anciens moudjahidines. » Papa parle tout seul, mais je ne le contredis pas. Je regarde juste l'amour dans les yeux de mon papa. C'est incroyable, ce regard. Pourquoi, pour moi, ce n'est pas pareil ?

Finalement, je ne regarde jamais mon grand-père à la télé. Je regarde papa aimer quelqu'un et découvrir qu'il en est capable.

« Allah Allah y'a Rabi Khalassna mîne machakal hadj Bouhafsi HoHoHoh. »

« Oh mon Dieu, oh mon Dieu, aide mon fils à dormir et éloigne-nous de tous les maux que mon beau-père Bouhafsi nous crée. »

« Pourquoi on ne repart pas en Algérie, maman ? Si c'est trop dur, si ton mari n'aime pas être ici ? – Mon fils, tu réussiras de grandes et belles choses. La France, c'est le pays de l'instruction, de la culture, tu vas avoir un beau destin. Mita, Mita, regarde-moi dans les yeux. Ça va passer. N'aie peur de rien. »

Quand je ferme les yeux, j'ai peur de tout.

الله الله يا ربي خلصنا من مشاكل الحاج بوحفصي هو هو هو هو

« Allah Allah y'a Rabi Khalassna mîne machakal hadj Bouhafsi HoHoHoh. »

« Oh mon Dieu Oh mon Dieu, aide mon fils à dormir et éloigne-nous de tous les maux que mon beau-père Bouhafsi nous crée. »

Pour ma berceuse, chaque soir, je n'ai pas droit aux fées, aux lutins ou aux gentils extraterrestres. J'ai droit aux consignes pour ma sécurité. « Il faut faire attention à tout, Mita, chéri. Attention à toi si de grandes personnes autres que maman viennent te chercher à l'école. – Même M. ? – Si ton papa est seul, ça va. Mais il n'y a pas de raison qu'il vienne si je ne t'ai pas prévenu avant. »

Je me fais des listes des endroits sans risque, ça me rassure. À la maternelle, avec mes copains Samuel et Maxime, quand le juke-box du *Paris Athènes* passe la chanson préférée de maman, *Pour que tu m'aimes encore*, au McDo de la Gare du Nord, avec Kader en *bodyguard*, dans les bras de maman plus chauds que les plages de Bora Bora.

Dans mes rêves, je divague… Papa rentre à la maison, je me jette dans ses bras, on dîne ensemble, maman a un portefeuille tout neuf avec une carte d'identité de la République française. Sur sa photo, elle n'a pas eu besoin de se maquiller.

Bro and Sis

Le jour où j'apprends que j'ai un demi-frère et une demi-sœur, c'est une révolution. Maman ne m'en parle pas spontanément, c'est moi qui mets le sujet sur la table. Comment ? Pourquoi ? La veille, une vision m'a réveillé. Ou j'ai fait un rêve prémonitoire ou j'ai entendu des voix ou j'ai assisté à une conversation secrète… Peu importe, j'ai l'intime conviction que je vais avoir du renfort.

Maman m'explique qu'ils vivent en Algérie, qu'elle leur parle souvent depuis la cabine téléphonique, qu'ils sont au courant de mon existence et que sa priorité est de les faire venir vivre en France, avec nous.

Vite, maman. Je suis pressé. Je déteste être fils unique. Je veux être comme Samuel et sa sœur Léa. Et c'est trop de pression. Je n'arrive plus à te défendre tout seul. À trois, peut-être qu'on y arrivera.

Les mois passent. Je trépigne, j'insiste, je réclame des photos. Maman a des super pouvoirs, elle va finir par réussir et je finirai par avoir une famille nombreuse. Je ne lui pose aucune question. Je ressens au plus profond de moi que tout est trop compliqué pour elle et que je dois me contenter de ce qu'elle m'offre. Je ne suis pas à plaindre, j'ai presque tout.

Les semaines passent. Je ne tiens plus en place. Maman constitue un dossier, seul papa peut permettre ce regroupement familial. C'est donnant-donnant. Il voudra quoi en échange, il a déjà tout, trop ?

Maman est aux ordres de papa. Si elle déçoit, si elle se plaint, si elle ne rapporte pas assez d'argent avec le *Paris Athènes*, elle peut mettre un trait sur l'autre partie de sa famille, ses Kabyles, comme il les appelle. Maman encaisse. « Et toi, Mohamed, tu crois quoi ? Que ce sera mieux avec tes Kabyles de merde. Tu auras moins de cadeaux, tu passeras en dernier. Et puis, c'est pas un vrai frère et une vraie sœur, c'est que des bâtards. »

Je ne comprends rien, mais je m'en fous. Je sais juste que je ne peux rien faire à mon papa, mais qu'eux, en revanche, ils vont pouvoir agir et me défendre mieux que deux gardes du corps.

Le soir, quand papa n'est pas là, je demande à maman de me raconter. « Amine a neuf ans de plus que toi. Tu iras à l'école avec lui. Il est fou-fou et très drôle. Linda est brillante, maligne. Elle va être une deuxième maman, elle te donnera le bain. Vous viendrez tous les trois au *Paris Athènes*. Ce sera merveilleux. On sera tellement heureux. »

Je ne les connais pas, mais ils me manquent terriblement.

J'effacerai tes larmes, tes peines

Un jour, papa me fait venir avec lui dans son bar de Barbès. Celui où il passe ses journées et ses nuits à jouer de l'argent avec des petits vieux. C'est un événement, papa et moi ensemble pour faire une activité.

Cet après-midi-là, il y a Cheb Khaled dans le café. C'est l'époque d'*Aïcha* et on le voit tout le temps à la télé. Papa m'explique qu'il est originaire d'Oran comme lui et donc comme moi. Je crois que c'est la première fois de ma vie que papa me parle sans m'engueuler ou me fracasser, j'en ai des bouffées de chaleur. Il est en boucle. « Tu vois, ça, c'est mon fils, Mohamed. Tu as vu comme il est beau, mon fils. »

J'ai droit à une photo sur les genoux de la vedette. Ça applaudit, ça chante, ça fume, ça crie.

Je dirai les mots, les poèmes
Je jouerai les musiques du ciel
Je prendrai les rayons du soleil
Pour éclairer tes yeux de reine, ooh
Aïcha, Aïcha, écoute-moi
Aïcha, Aïcha, t'en va pas

Papa connaît la chanson par cœur. Son Aïcha, c'est maman, enfin ça pourrait le devenir.

Le soir, dans mon lit, je repense à cette journée magique et inoubliable. J'ai mal aux joues tellement j'ai souri.

« Lorsque le nourrisson arrive au service pédiatrique de Nîmes le 12 décembre 2017, son état est désespéré. La fillette sera évacuée en urgence absolue vers un hôpital de Marseille où elle décédera deux jours plus tard. Dès qu'un pédiatre a regardé et palpé le corps du bébé, il s'est rendu compte des mauvais traitements. Le procureur de Nîmes a été immédiatement alerté.

Dans un premier temps, la mère de famille va rejeter la responsabilité du décès sur les deux sœurs de la petite victime, des fillettes âgées de deux et trois ans, qui auraient frappé leur petite sœur à coups de jouets ! La mère de famille, qui accouchera d'un petit garçon quinze jours à peine après la mort de sa fillette, donnera des versions très différentes durant l'instruction de l'affaire. Elle finira par reconnaître avoir frappé avec un balai son enfant. Puis elle a déclaré que la petite victime était décédée car elle avait poussé le bébé dans un cagibi et qu'elle était tombée tête la première sur une bouteille de gaz. »

2020, *Objectif Gard*

Mocassins

Papa adore les belles chaussures. Il picole des 33 centilitres de bière en Weston.

On est dans le salon. Je m'invente des guerres avec mes petits soldats, je suis dans mon western. Mon père me demande de me calmer, je le supplie de jouer avec moi. « Non, tais-toi et arrête de faire du boucan. » J'insiste. Une fois, deux fois, trois fois. J'ai droit à quatre droites et un coup de pied à la tête. Je pisse le sang. J'ai mal. J'éclate en sanglots.

Papa me regarde et se met à pleurer. « Ne le dis pas à ta mère, ne le dis pas à ta mère. » Je ne comprends rien. Il a de la peine, alors ? C'est à cause de moi. Il m'a demandé de ne pas faire de bruit et j'ai continué. C'est de ma faute si je l'énerve. C'est moi qui le mets dans cet état. Je dois écouter mon papa. Je m'en veux.

Maman rentre en panique.

On repart aux urgences. C'est notre routine. Jamais l'un sans l'autre. Avant de rentrer à l'accueil, Maman a essuyé ses larmes et retrouvé un visage plus calme. « Rien à signaler, docteur. Mon fils est un petit garçon adorable, mais maladroit.

Et puis, vous savez, les garçons, ça court dans tous les sens et ça ne fait pas attention. »

J'ai droit à quelques points de suture. La routine. Je fais ma tête de courageux. Maman me tient la main, il ne peut rien m'arriver. Je me dis que c'est mieux quand c'est moi qui prends. Ça dure moins longtemps et en plus, à la fin, l'infirmière me donne un bonbon.

Une gifle, une caresse

Je suis devant la télévision, c'est l'heure du dîner.

Je n'ai pas faim, je préfère regarder *Minus et Cortex.*

Maman insiste, mais je fais ma tête de mule.

Papa s'approche de moi, les yeux pleins de haine et d'alcool. Sa main vient s'éclater sur ma lèvre. Je suis ouvert, boursouflé, un chiffon en pleurs.

C'est la crise de trop, maman me prend sous le bras et on s'enfuit. « Vas-y, pars, t'as rien, t'as pas de papiers, t'as ton bâtard sur le dos, qui va te prendre, qui va t'écouter ? »

On passe une semaine chez Karima puis une autre chez Mélodie. Chacune a ses mots et sa méthode pour soutenir maman. Karima est patiente, calme, elle nous apaise. Mélodie enchaîne clope sur clope et recrache sa fumée comme un dragon. « Pourquoi tu ne le quittes pas, cet enculé ? T'as vu ce qu'il fait à ton fils, t'as vu ce qu'il te fait à toi ? La vérité, on s'en fout si tu n'as pas tes papiers, va voir la police, ils vont lui tomber dessus. » Chacune prie pour ma mère et pour moi. Maman me dit qu'on a besoin de renfort et des dieux de toutes les religions.

Quinze jours de répit. Nos corps se réparent, nos arcades se referment.

Après les menaces, le pardon.

« J'ai honte, je suis désolé, malheureux. Je ne peux pas vivre sans toi, je vais changer, pardonne-moi. Mes parents me manquent, je suis triste sans eux, c'est pour ça que je bois trop. Donne-moi une chance, je vais me reconstruire, mais je ne peux pas sans toi. Il faut me croire. Je t'aime. »

Maman l'écoute.

Je suis content, il va changer. Papa aime tellement maman. Il l'aime si fort qu'il n'a plus de place pour moi dans son cœur.

À l'origine

Un soir, je n'arrive pas à dormir, j'ai trop de pointillés sur la vie de maman. J'ai besoin qu'elle me raconte un peu, qu'elle mette des mots sur ses silences ou ses non-dits. Je vois bien que je ne suis pas comme les autres familles, j'ai des trous comme des devinettes. Maman est pudique. Parfois, j'ai l'impression qu'elle a honte. Que si je me fais taper, c'est de sa faute. Elle a ce qu'elle mérite, mais moi, tout ce que je ramasse, c'est à cause d'elle.

Maman est assise sur mon lit. Elle me serre les mains de toutes ses forces. Je sens que ça va être important. Elle hésite, replace ma couette Spiderman et tente un sourire malgré son hématome sur la pommette.

« Ton père et moi, on est tombés fous amoureux, mais sa famille ne m'aimait pas trop. Comme j'ai trois ans de plus que lui, j'avais déjà eu une vie avant, tu comprends... Sa famille m'a rejetée. C'étaient des gens très puissants, surtout ton grand-père, il connaissait des personnes haut placées. Un jour, ton grand-père m'a mis un revolver sur la tempe. Il m'a même proposé de l'argent pour que je quitte ton père... C'était compliqué.

J'étais allée voir un médecin qui m'avait dit que je pouvais plus avoir d'enfant. Ça a été très dur… Mais ton père et moi, on est restés ensemble. C'était l'été. On a décidé de partir en vacances à Fès, au Maroc. Un jour, on a visité la mosquée Moulay Idriss. Ton père et moi, on était en short. Il fallait qu'on trouve une tenue. J'ai acheté une djellaba dans une boutique juste en face, il n'y en avait pas pour hommes, du coup ton père a emprunté celle d'un non-voyant, un mendiant en échange d'un petit billet. On a prié chacun de notre côté et à la sortie du mausolée, j'ai demandé à ton père ce qu'il avait prié. Il n'a pas voulu me le dire par peur que ça ne se réalise pas. Ton père a rendu ses affaires à l'aveugle qui nous a dit : "Je vous souhaite plein de bonheur à vous trois." Ton père lui a répondu : "Merci monsieur, mais on est deux." L'aveugle a continué : "Il y a quelque chose dans le ventre de cette dame." On ne comprenait pas. Ce n'était pas possible. Je suis vite allée faire une échographie en revenant en France et tu étais bien là ! Un miracle. Tu es un enfant de l'amour. Et c'est pour ça que ton deuxième prénom, c'est Idriss. »

Maman ne pleure pas, mais c'est une question de secondes. J'ai encore plus d'interrogations maintenant que je connais l'histoire. Mais je la sens fatiguée, ses yeux cernés, son corps courbé. Papa n'est pas encore rentré. Elle aura droit à quoi ce soir ? À faire le punching-ball puis après la serpillière pour essuyer son sang. J'espère qu'il rentrera suffisamment torché pour s'écrouler comme une merde.

Alors, je me tais. Je me blottis dans ses bras qui ont travaillé toute la journée.

Pourquoi maman ? Pourquoi vouloir autant un enfant. Le prier, l'espérer, pour après lui faire autant de mal ?

Est-ce que c'est de ma faute ?

Pas de répit

Le calme revient pendant quelques jours.

Puis mon baril de Kapla se renverse sur le parquet, puis maman rentre trop tard et a oublié d'acheter un pack de bières, puis mon père prend tout l'argent de la caisse du *Paris Athènes* pour jouer aux machines à sous, puis rien de spécial.

Les jours avec, les jours sans, et l'enfer repart. Des coups, des balayettes, des claques.

Maman m'envoie dans ma chambre pour me protéger. Je me plaque sous le lit. Les cris de maman transpercent mes tympans. Elle résiste, répond, faiblit. Je pleure, je frissonne, je me sens si inutile. Je vais rajouter quoi à sa liste ? Dents cassées, mâchoire fracturée, tête défoncée contre le frigo, des bleus partout, du sang séché mal nettoyé ?

Ça suffit. Je dois intervenir. J'ai compris ton système, M.

Je débarque, mon père se défoule sur mon ventre, mon dos, mon visage, un chassé au niveau de l'épaule et ça calme la situation. Je m'éclate contre le canapé, je rebondis sur la commode, tant mieux, ça fait une pause. Maman a un répit de courte durée. Mon père passe à autre chose : une bière suivie d'une sieste suivie d'une bière…

Mon père est une épave, mais je dois l'aimer.

En attendant, demain, j'ai piscine avec la classe. Je vais encore devoir cacher mes bleus avec le fond de teint de maman. Et au moment de sortir, quand ils auront réapparu avec le chlore et la javel, courir et me cacher.

Roulette russe

La nuit, je me réveille en sueur. C'est lui. J'entends les pas dans le hall de l'immeuble. Je suis recroquevillé sur mon matelas. Il a gagné ou il a perdu ? Le calme ou la guerre ? La clé dans la porte, s'il galère à rentrer, on est foutus. Ça veut dire qu'il a bu, et que maman et moi, on va morfler.

Je vous en supplie, un frère et une sœur. J'ai trop peur que maman meure avant.

Eux, enfin

Mon rêve se réalise. Je me suis habillé sur mon trente et un. Je les attends, j'ai peur. Ce jour-là, ils arrivent avec plein de cadeaux et une petite valise chacun. Mon père est allé les chercher au bateau à Marseille. Après, je ne sais pas trop.

Ma sœur me fait un bisou. Elle est belle, grande, je comprends que ma vie va être plus douce et ses bras vont être aussi chauds que ceux de maman. Mon frère veut jouer avec moi, il me tend une peluche Toy Story.

J'ai un sourire qui fait le tour de la tête et des étoiles dans les yeux. Ça dure une fraction de seconde, une éternité. Tout change à jamais. Enfin, ils sont là. Ils vont me protéger.

Maman a préparé un couscous royal pour cinquante.

Mon père est assis, sans dire un mot, il observe.

Ma sœur me fait des câlins, mon frère me fait rire.

C'est mon premier moment de bonheur dans la maison.

Ma sœur

Notre nouvelle vie s'organise. Mon frère me dépose à l'école avant d'aller à son collège et vient me chercher à la sortie des cours. On passe au McDo, à la boulange pour acheter des Têtes brûlées, chez le marchand de journaux près de Trudaine. Ma sœur devient une maman de substitution. Elle a quinze ans, elle est forte en classe, elle parle très bien français, elle prépare les dîners, elle m'aide pour les devoirs, elle m'initie à la lecture, on regarde *Les Minikeums*, elle me montre *Le Roi Lion*. C'est la belle vie.

Pendant quelques semaines, mon père ne fait plus la guerre à maman. En tout cas, dans le salon, devant tout le monde. Comme s'ils avaient fait la paix dans certaines pièces. Le visage de maman est presque neuf et je vois qu'elle utilise moins de fond de teint.

Grâce à ma sœur, je redeviens un enfant. Je dors bien la nuit. J'ai arrêté les cauchemars. Les bruits ne me réveillent plus.

Quand j'ai des petits moments de frayeur ou des souvenirs désagréables, ma sœur me rassure. « C'est pas grave, Mita, c'est derrière nous, c'est réglé. Ne t'inquiète pas, je suis là maintenant et tout va redevenir normal. »

Ma sœur, c'est mieux que du Mercurochrome. Surtout, c'est la première fois que quelqu'un m'aime autant que maman.

Mon Père Noël est une ordure

Les coups repartent. Sur maman uniquement.

Mon père la démolit dans la chambre, à l'abri des regards. Il veut de l'argent, toujours plus, mais maman n'en a pas. Il veut quoi ? La tuer alors que c'est elle qui le fait vivre ? C'est quoi son problème ? Moi ? Nous ? Sa famille en Algérie qui ne veut pas de maman ?

Je reste blotti contre ma sœur et mon frère. Mes yeux plongés dans ceux de Linda, « Ça va aller… on devrait y aller, tu crois pas ? – Non, on bouge pas. » Maman nous a interdit de franchir le seuil de sa porte. On l'abandonne.

La vie d'avant refait surface. Plus à trois, mais à cinq. Mon père ne tape jamais mon frère et ma sœur, il se contente de les insulter. « Fils d'une merde, fille d'un enculé, les enfants d'un bâtard, les ratés d'un enfoiré de Kabyle. »

Personne ne répond. Par peur ou par mépris.

Parfois, je me prends une balle perdue. Je parle trop fort, je réponds trop mal. Je me fais éclater le ventre, le dos, la tête. J'ai presque oublié que ça faisait si mal.

Ma liste secrète s'allonge : je ne referai plus jamais de bruit de ma vie. J'aimerai le silence, lever le doigt avant de prendre la parole, me taire et m'excuser.

Maman donne le change, toujours. Elle veut qu'on ne manque de rien. Pour notre premier Noël tous ensemble, elle a acheté un petit sapin et un immense plat de fruits de mer chez le traiteur. Ma sœur l'aide à disposer des cadeaux. Je suis tellement heureux que ça me panique. Il ne faut pas que M. rentre, j'ai un mauvais pressentiment.

Pitié, pas ce soir, demain tu peux me taper, mais évite le réveillon. La maison est belle, on est tous bien habillés et je n'ai jamais vu de gambas de ma vie à part dans les films.

La serrure, la porte, mon père. Maman s'affaire, comme si son mari allait lui faire un bisou dans le cou et lui offrir des fleurs. Joyeux Noël, ma chérie, joyeux Noël, les enfants.

Quand je rouvre les yeux, les crevettes, les huîtres et les gambas volent dans le salon. « D'où t'as acheté ça ? D'où tu fêtes Noël. Tu te prends pour qui ? Tu crois qu'on a de l'argent à jeter par les fenêtres ? Non, pourquoi tu fais ça, papa ? » Gifle aller-retour. « Tu offres des cadeaux à qui ? À tes bâtards ? Mais ils sont déjà en France, tu crois qu'ils méritent des cadeaux ? – M., tu peux pas faire ça, pas ce soir, je t'en supplie... – Arrête de parler. Je fais ce que je veux. C'est moi qui décide ici. Et si tu m'écoutes pas, je vais briser ta réputation en Algérie. »

Mon père se jette sur les cadeaux et déchire les paquets un par un.

« Et c'est quoi encore, ces livres de merde ? Tu crois pas qu'il en a assez comme ça ? T'en as pas marre de pourrir ton fils, tu crois que c'est ça la vie, pauvre femme, va ? »

Des cris. Ceux de maman. Ma sœur me prend dans ses bras. Ne t'inquiète pas, ça va bien se terminer.

Le sapin finit sur le trottoir. Mon *Mémo Encyclopédie en 1 volume* de chez Larousse en lambeaux dans la poubelle. Les fruits de mer terminent dans l'évier. Les glaçons du plateau ont fait un lac dans le salon.

Comment, pourquoi, quand ?

M. est le boss. M. est puissant en Algérie. M. est connu dans son bar de Barbès. M. a réussi à faire revenir mon frère et ma sœur. M. a l'appartement et le *Paris Athènes* à son nom. M. a tous les pouvoirs. M. est fort, charismatique, imposant.

Comment M. peut aimer maman et la taper ?

Pourquoi mon père reste à la maison et est aussi méchant ?

C'est quoi le plus important dans la vie ?

Je ferai quoi quand je serai plus grand ?

On fait comment pour avoir une carte d'identité de la République française ?

Je fête mes six ans avec des questions sans réponses.

Mes idées noires

Je rentre de l'école avec mon frère.

Maman est là, les cheveux en sang, l'arcade ouverte, la paupière gonflée. Elle a perdu un nouveau combat.

« Tu n'es pas au *Paris Athènes*, maman ? – Non, ça s'est mal passé avec papa. »

Ça ne s'arrêtera jamais. Même ma sœur et mon frère n'ont rien pu faire. Je m'enfuis dans ma chambre. Je le déteste. Je voudrais qu'il parte à jamais, qu'il nous laisse vivre normalement. Pendant quelques jours, maman reste à la maison. Même si elle est la meilleure maquilleuse du monde, elle n'est pas en état de travailler.

Ça ferait fuir les clients ou enclencherait des questions.

Maman redevient mère au foyer. J'aime bien l'avoir tout le temps près de moi, mais je sais que c'est mauvais signe. Elle est là parce qu'elle est défigurée.

Parfois, la nuit, je me réveille pour vérifier qu'elle est bien là. Même avec ses bosses et ses bleus. Maman, ma raison de vivre, ma protectrice. J'imagine les pires histoires : M. l'étrangle, la noie, la brûle… Si maman meurt, je me suicide après elle. Ma sœur aura un mari, mon frère fera sa vie, et moi à l'idée de rester seul avec ce salopard, je me tuerai.

Loyer modéré

Le verdict tombe, un dimanche soir. On déménage à La Plaine Saint-Denis. Quitter Paris, notre quartier de rêve et notre appartement avec des moulures. Maman me dit que le logement est trop petit. « Ça ne me dérange pas de me serrer, maman. S'il te plaît, on peut rester, j'ai tous mes copains. – Ta sœur aura sa chambre, c'est important pour ses études. Mita, trésor, je n'ai pas le choix. »

Je comprends que c'est surtout trop cher et qu'avec cinq bouches à nourrir et une à boire, on ne pourra pas s'en sortir.

Le *Paris Athènes* met la clé sous la porte et je vais devenir un petit banlieusard.

Plus jamais Paris

Tout part en fumée. Au sens propre comme au figuré. Un jour, alors que je suis à l'école, un incendie inexpliqué ravage ma chambre. En rentrant, je découvre la pièce avec désolation, mes soldats sont devenus des petits tas de cendre, mon papier peint ressemble à un mur de prison. Devant mon père, je m'interdis de pleurer, mais je sais que j'inonderai les bras de maman. Mes trains électriques sont en bouillie, mes Kapla, du sucre en poudre. Mon père y voit une raison de plus pour tourner la page et s'oppose catégoriquement à maman qui veut tout me racheter à l'identique. Je n'ai plus aucun jouet, plus aucun habit, j'ai juste gardé Mita, mon doudou pour toujours, que je trimballe dans mon cartable en cas de coup dur.

L'incendie précipite donc les choses. Je quitte ma vie parfaite hors de la maison, j'abandonne

Paris, le McDo de la Gare du Nord, Kader. Je vais devoir tout recommencer de zéro. Expliquer, mentir, cacher mon secret. Il va falloir trouver des amis pas trop curieux, des infirmières aux urgences qui ne posent pas trop de questions, un travail pour maman. Je suis perdu et pétrifié.

On s'installe dans un HLM au 258, avenue du Président-Wilson à La Plaine Saint-Denis, à quelques mètres du RER B de la gare du Stade de France. Notre appartement est au quatrième étage, il a trois chambres et un petit salon. Ce n'est pas vraiment plus grand que Saint-Vincent-de-Paul, c'est juste que ça n'a pas pris feu et que c'est pas cher du tout. Maman essaie de positiver : c'est à côté d'un terrain de foot, il y a un bar au rez-de-chaussée avec des grands écrans pour voir la Coupe du monde 1998 et j'ai une carte de séjour d'un an renouvelable.

La vraie bonne nouvelle : je dois finir mon CP à Paris. Mais plus rien n'est comme avant. Après l'école, Samuel et Max rentrent à pied et moi en RER B, une station jusqu'au Stade de France, le bout du monde. Je fais le trajet aller-retour avec mon frère, ça nous rapproche malgré nos neuf ans d'écart. Amine est trop gentil. Il me protège quand la rame est bondée, il m'achète des goûters, des bonbons ou *Le Petit Quotidien* avec l'argent des tickets, il me fait rire, il court vite quand on est à la bourre. Quand on se fait courser par les contrôleurs, on est un peu comme *Indiana Jones*.

M. ne supporte pas cette complicité avec mon frère. Dès qu'il en a l'occasion, il me met un coup de pression. « T'en as pas marre de traîner avec un bâtard. Pourquoi tu rentres en retard ? T'as fait quoi ? C'est à cause de lui, je suis sûr. T'as vu qui ? – Mais non, papa, il y a eu un retard de train, c'était plein à craquer, on a dû attendre le suivant. – Je te crois pas ! Tu protèges encore cette merde de Kabyle ? – Non, papa, je te promets... » Il me déclenche une tarte et je tombe dans les pommes.

« Tiens, ça t'apprendra à me mentir. »

Je ne mens même pas. Par peur, à cause de mon père ; par éducation, grâce à maman.

La crise des vases

À côté de la maison, il y a un terrain de foot. Parfois, je rentre un peu tard, on s'amuse avec les enfants du quartier. Ma sœur m'appelle depuis la fenêtre du quatrième. Je dois rentrer.

Mon père est bourré, il me met une claque. « On finissait le match. J'ai gagné, c'était trop bien. » Claque de l'autre côté, il s'en fout.

Ça part en embrouille entre mon père et ma sœur. « T'en as pas marre de taper ton fils ? – Mais tais-toi, espèce de bâtarde. Si t'es pas contente, repars d'où t'es venue. Depuis que vous êtes là, on a que des emmerdes. »

La guerre. Des coups. Ma sœur commence à se faire démolir. Moi, je regarde la scène de guerre sans réaction. Je tremble. Comme elle ne fait pas le poids, ma sœur se cache derrière un des canapés. Les vases Mistigriff de maman volent dans le salon. Le verre s'éclate partout contre les murs. Ma sœur a les mains en sang. Je suis dans un film d'horreur. Tout le salon y passe.

J'ai peur.

Il va y avoir un mort.

Je suis Casper.

Mon cerveau s'éteint. Je dois oublier.

Quand j'émerge à nouveau, la BAC vient de sonner, appelée par les voisins pour tapage nocturne.

« Qu'est-ce qui se passe ? C'est quoi, le problème ? – Désolée messieurs, c'était une petite dispute, tout est réglé, ça ne se reproduira pas. » Ma sœur cache ses mains ensanglantées derrière la porte. Mon père a fui dans sa chambre et s'est enfermé à double tour. Mon frère a disparu, pour ne pas voir et se sentir obligé de réagir. Ma sœur méprise mon père. Mon frère le hait et préfère sortir pour ne pas le tuer.

Moi, je ne sais plus si je l'aime ou si je le maudis. C'est mon père, même si c'est le pire.

Une heure après, en prenant ma douche, je vomis. D'effroi, de confusion.

La vie sans M.

Après chaque grosse crise, M. s'absente. Il repart quelques semaines en Algérie et on souffle. Les dîners se passent calmement, les nuits sont apaisées, les cris cessent, les coups sont à l'arrêt. Quand il n'est plus là, on redevient une famille « normale ».

J'assiste juste à des disputes entre maman et ma sœur au sujet de mon père.

« Tu veux que Mita meure, tu veux quoi ? Qu'un de nous fasse une bêtise ? On peut pas rester comme ça. Tu dois agir. Quitte-le, maman. – C'est plus compliqué que ça, chérie. – Arrête avec ça, compliqué tous ces trucs de papiers, on peut trouver des solutions sans lui. – C'est lui qui vous a fait venir ici, toi et ton frère. Et si je le quitte, il m'enlève Mita. Il m'a montré les lettres des femmes qui quittent leur mari. Elles perdent leur enfant. Je peux pas. »

Ma sœur revient à la charge jour après jour. « Ça va mal se terminer. » Elle a peur pour moi, qu'à force de prendre des coups, j'ai des séquelles.

Les semaines sans mon père passent. Au fond de moi, j'essaie d'étouffer de drôles de sentiments. Pourquoi il me manque ? Ce n'est pas normal de vouloir retrouver quelqu'un qui me veut autant de mal. Je ne peux en parler à personne. C'est la honte et tous me prendraient pour un fou.

Seul, dans mon lit, je me persuade. Cette fois-ci, je suis sûr que ce sera différent. Mon père va comprendre, mon père va se ressaisir, mon père va avoir des caresses et des baisers pleins les poches.

Si ça se trouve, ce dernier voyage va tout changer.

Et puis non…

Je jette un dernier regard sur ma femme, mon fils et mon domaine

Depuis qu'on a quitté Paris, je vois de moins en moins maman. Elle a trouvé du travail pour remplacer les revenus du *Paris Athènes* et gère le service de 8 heures à 16 heures dans un restaurant à la Cité de l'Air et de 19 heures à 2 heures du matin dans un autre, au Bourget. Maman me manque. À Paris, quand elle était au travail, je m'endormais à côté d'elle. Il y avait son odeur, sa voix, ses câlins… c'est différent maintenant. Elle part quand il fait nuit et revient quand je dors d'une oreille. Maman se tue à la tâche pour nous et mon père.

En son absence, Linda me gère. Ma sœur est en seconde au lycée Paul-Éluard à Saint-Denis, elle travaille très bien, elle est sérieuse, ambitieuse, responsable. Je découvre tout avec elle : le cinéma,

M6 Music, *Je veux chanter pour ceux* interprétée par Lââm, *Tu m'oublieras* de Larusso, *La Tribu de Dana* de Manau, *Belle* de la troupe de Notre-Dame, *The Boy is Mine* de Brandy & Monica, *Le Paradis blanc* de Michel Berger, Euro Disney, le musée Grévin, le Louvre, la piscine La Baleine de Saint-Denis, les zoos. Avec Linda, c'est les sorties, les fous rires, les karaokés, les chorégraphies, les déguisements, les coloriages, le train fantôme, *La Joconde*, les girafes, Céline Dion en cire, nos parodies de clips vidéo. Avec ma sœur, c'est la belle vie.

Ma sœur remplace maman. Elle me donne de l'espoir. Grâce à elle, je me rends compte que je suis un enfant.

Et 1 et 2 et 3-0

La France gagne la Coupe du monde 1998. On habite tout à côté de la victoire. J'y vois un signe, un bon présage.

J'ai mon nouveau Kader, mon nouveau père de substitution. Kiki est le patron du bar *L'Émaillerie* en bas de notre immeuble. Un Franco-Algérien de trente-cinq ans, gentil, beau gosse, blagueur, à la pointe de sa mode. Il m'offre des Coca, des indiens, des Orangina, il me fait des blagues, des petits tours de magie avec des cacahuètes. Je regarde les matchs avec lui et mon frère. J'adore cet endroit, ça parle foot non-stop. Chaque client y va de son commentaire, de sa tactique, de sa vanne. C'est un immense bordel dans lequel je me sens en sécurité.

Ma Coupe du monde 1998, c'est la folie, un gros délire. Brésil-Écosse ! Je découvre le kilt, les fesses des supporters écossais, les cornemuses. J'ai droit à une photo avec Doc Gynéco quand il passe devant chez moi pour aller au stade, *Ma mère est née là-bas, mon père est né là-bas, moi je suis né ici dans la misère et les cris*. Mon frère est fan de Ministère A.M.E.R., il est dégoûté.

Le village Coca-Cola, avec son terrain de foot gonflable et ses stands de frappe, devient ma deuxième maison. France-Croatie ! Le but de Suker, mes larmes à 1-0, « mais non ça va le faire, on a battu le Paraguay, on a battu les Italiens, on va être champions du monde », en transe, Kiki me remonte le moral. Lilian Thuram met les deux buts et pose son index façon James Bond, mes joues bleu-blanc-rouge, les drapeaux, les cris, *La Marseillaise* dans les rues bondées, Zidane président, Zidane meilleur joueur du monde, Zidane meilleur papa du monde, forcément. Je regarde les images de son fils Enzo dans ses bras sur la pelouse du Stade de France. J'ai des étoiles dans les yeux. Il a de la chance, Enzo. J'aimerais bien que Zizou soit mon papa.

« C'est quoi la France blanc-black-beur, maman ?
– C'est la France qui ne fait qu'un, Mohamed. »

J'ai quitté Paris, et Saint-Denis devient le centre du monde. C'est ma revanche, ma petite joie. En bas de la maison, des milliers de personnes attendent le bus des joueurs. Je suis là où ça se passe et je sens que ça me plaît.

CE1

Je change d'école et de décor. Je débarque à l'école René-Descartes, 14, cours du Rû-de-Montfort au Franc-Moisin, un quartier de Saint-Denis. Il n'y a que des Noirs et des Arabes, des gens comme moi, pas de mélange comme à Paris.

Je fais ma première rentrée en costume. C'est le principe de maman. « Tu dois être le mieux habillé, mon fils. » C'est un carnage. Je fais face à des survêtements Adidas et des Requin Nike.

Pour la première fois, au sein d'une école, je ne suis pas comme les autres. Je ne parle pas pareil, je m'habille différemment, je suis coiffé comme un choriste.

« Tu t'es cru où, gros, retourne à Paname, espèce de vieux. »

C'est la honte. Je retire mon blazer, mon gilet, vite la chemise hors du pantalon, vite me décoiffer, essayer de me faire oublier, mais c'est trop tard, je suis la risée de la rentrée, le fayot, le suceur, le bouffon, le bouffe-merde.

Je ne pleure pas, je ne me plains pas, aucune vague. Et puis, ils ne savent pas, eux, que c'est encore pire à la maison. Que je suis dur au mal, que j'ai appris à ne jamais craquer.

Quand je rentre dans ma chambre, je vais vérifier si j'ai des habits valables pour les prochains jours, des tenues de footeux quoi…

Direction départementale des affaires sanitaires et sociales

Un jour, j'ai l'impression que monsieur Fournier, mon maître de CE1, a des doutes.

J'ai un énorme bleu sur le front. La veille, la main

de M. et sa bague ont atterri sur ma tronche. « Tu as des problèmes à la maison. – Non. – Avec ta maman ? – Ben non ! – Avec ton papa ? » Un silence. « Heu… ben non ! – Tu es sûr, Mohamed ? Tu n'as rien à me dire ? Tu peux tout me raconter, tu sais, ici, on est là pour te protéger et t'écouter. » Ne pas craquer. Je me sens au bord du précipice. Finalement, ce serait peut-être la solution, tout balancer. Je suis fatigué, j'en peux plus d'avoir peur en permanence, j'ai envie de devenir un enfant à temps plein. « Tu sais, Mohamed, s'il y a un problème, il y a l'assistante sociale et les services sociaux, ils peuvent t'aider, ils sont là pour trouver des solutions. » Déclic. Des solutions ? Il a prononcé le mot piège. Momo, ta gueule. Ne moufte pas. Il n'en sait rien, monsieur Fournier que je connais tout par cœur, au cas où. Mille fois, j'ai fait le trajet dans ma tête. La Dass, 8-22, rue du Chemin-Vert à Bobigny, le foyer en attendant, une famille d'accueil si ça se trouve. Je ne pourrai jamais prendre ce risque, même pour me sauver. « Non, je vous jure je vous jure, monsieur Fournier, tout va bien. » Et mon sourire qui va avec.

Si c'était si simple, maman m'aurait autorisé à parler depuis toutes ces années.

« Un enfant de trois ans avait été battu à mort et retrouvé décédé le 10 novembre 2019 dans un appartement de la rue des Lombards à Nîmes. Ce jeudi 24 septembre, la cour d'appel vient de rejeter la demande de remise en liberté du compagnon de la mère de l'enfant, elle-même suspectée d'avoir tué le petit garçon.

Les explorations médicales puis l'autopsie révélaient des lésions au crâne, au thorax, à l'abdomen et aux deux membres supérieurs et notamment cinq impacts à forte cinétique (d'une très grande violence, ndlr) pouvant avoir comme origine des coups de poing ou des coups de pied qui ne seraient pas à exclure comme l'utilisation d'un objet ou la projection du corps sur une surface plane. »

2020, *Midi libre*

Merci mon père

L'appartement devient vite trop petit. Après plusieurs mois, la demande de maman aux services sociaux de Saint-Denis aboutit. On passe de La Plaine à la cité des Francs-Moisins et moi, je rentre au CE2.

On emménage dans un cent mètres carrés au deuxième étage d'une tour qui en compte huit. Je partage une chambre de dix mètres carrés avec mon frère. On colle des posters de Zidane de mon côté et des photos de voitures de course du sien. C'est un appartement correct avec une famille pas tout à fait normale.

Dans notre tour, on croise souvent nos voisins. Ce n'est pas comme à Paris ou à La Plaine, on est moins isolés. Un peu comme si tout le monde vivait sous le même toit, mais pas avec les mêmes règles. Il y a les Akila, des Tunisiens, nos voisins de palier, les Hammache au troisième, des Kabyles comme mon frère et ma sœur, au quatrième, les Goncalves, des Portugais, et juste en face les Ayoubi, des Égyptiens, les Koné au cinquième, des Maliens.

En face de la maison, il y a une aire de jeu avec un bac à sable, des toboggans, une passerelle entre deux cabanes. Je me dis que j'ai trop de chance, je vais pouvoir me faire de nouveaux copains, sortir de la maison quand ça dégénère et devient trop risqué.

Dès les premiers jours, un grand de quatorze ans se pointe devant moi en survêtement noir. « Vas-y, t'es qui, toi ? – Salut, je m'appelle Mohamed, j'habite au B7 »...

À peine ai-je fini ma phrase que j'ai droit à une rafale de coups. Ma tête de petit nouveau vient s'exploser contre le portique de la balançoire. Je ne fais pas le poids, et il n'y a pas d'autre solution que de fuir en courant. Mon père débarque, repousse le grand qui est devenu tout minus. « Pourquoi tu touches à mon fils ? Tu te prends pour qui ? Va te faire foutre, dégage de là. »

Qu'est-ce qui se passe ? Mes jambes sont coupées, mes larmes au bord des yeux. Mon père me protège, mon père est un papa comme les autres. J'ai ma main dans la sienne. « Merci papa, merci vraiment. – Je ne l'ai pas fait pour toi, je l'ai fait pour la famille. »

Les semaines qui suivent, je vis dans la hantise que les grands frères costauds de la cité viennent défoncer mon père.

À chaque fois qu'il part à *L'Escargot*, son bar du soir, je vérifie par la fenêtre de la cuisine qu'il ne lui arrive rien.

Rien ne doit arriver à mon père qui boit, qui nous tape et qui vient de me sauver.

BOUHAFSI
Mohamed, Idriss

J'ai un passeport algérien et une carte de séjour renouvelable. Seul mon père a le droit d'être sur le sol français. J'ai l'impression qu'il a des papiers plus puissants que les nôtres. Il peut faire des conneries. Pas moi. Je dois me tenir à carreau. Au moindre faux pas, je peux être renvoyé. Où ?

Pour reconduire ma carte de séjour, je dois aller à la préfecture de Bobigny avec maman. On arrive vers 3 heures du matin. Il y a déjà les Pakistanais qui sont venus dormir pour revendre les bonnes places aux retardataires du lendemain. Au marché noir, ça part à soixante euros. Des dizaines de personnes sont entassées sur le sol. Dans le froid, sous la pluie, sous la neige, ils attendent parfois résignés, souvent en colère. Je déteste ce moment. C'est la galère mêlée à l'humiliation. Même si, dans quelques heures, j'aurai ma carte pour les douze prochains mois, je me sens comme du bétail. Un numéro qu'on appelle, un tampon qui fait foi, un dateur pour ne pas oublier la prochaine échéance.

Un jour, je serai peut-être un vrai citoyen français.

Premier enlèvement

Madame Douret, la directrice, vient me chercher dans la classe. En quelques mots, elle m'informe : « Tes grands-parents sont devant l'école, ils ont demandé à te voir. »

Je panique.

« Je ne veux pas sortir, madame. Je veux juste regarder mes grands-parents de loin. » Madame Douret me conduit derrière le portail. Je reconnais le couple de la rue Saint-Vincent-de-Paul, mon grand-père qui passe à la télé sur Canal Algérie, ma grand-mère en djellaba qui criait sur mon père.

Je panique.

J'ai les instructions de maman dans la tête, la berceuse en perceuse. Mes grands-parents sont un danger. Je dois m'enfuir pour ne pas être arraché à ma mère, à ma sœur, à mon frère, à mon pays.

« Ça va, Mohamed ? – Non, madame Douret, ça va pas du tout. Mes grands-parents n'aiment pas du tout ma mère et ils m'aiment pas du tout moi non plus. Je ne dois surtout pas les voir. Je vous en supplie. Appelez ma mère, APPELEZ MA MAMAN, madame Douret. – Arrête de crier, Mohamed, ne t'inquiète pas, on va l'appeler. »

Maman est prévenue. Elle demande à madame Douret de me garder jusqu'à ce qu'elle puisse me récupérer.

Je tremble. J'ai peur de tout perdre. Je ne raconte rien parce que depuis toujours on me répète de la fermer.

« On a des problèmes. Je ne dois pas les voir. Ils vont me faire du mal. – T'inquiète pas, Mohamed, tu es en sécurité ici, tu vas rester dans mon bureau et je vais aller dire à tes grands-parents qu'ils doivent s'en aller. »

Je vois madame Douret et ses cheveux en porc-épic leur indiquer la sortie, l'agacement de mon grand-père, les grands gestes saccadés de ma grand-mère. Ils résistent, insistent, s'agitent, pitié madame Douret, soyez forte, ils sont très puissants, ne faiblissez pas, ils reviennent à la charge, mon grand-père pointe un index rageur sur madame Douret qui ne se laisse pas faire, merci merci merci madame Douret, fermez le portail à clé, ne leur faites pas confiance, ils vous mentent et surtout je suis désolé, mon grand-père est un monsieur très important, il connaît beaucoup de monde et il peut être méchant avec vous et votre famille. *« Allah Allah y'a Rabi Khalassna mîne machakal hadj Bouhafsi HoHoHo. »*

Ils finissent par partir. Je reprends mon souffle. Madame Douret a fait bloc et je l'applaudis dans ma tête.

Quand maman me libère à 17 heures, je suis blanc comme un linge et mes jambes flageolent. Elle me serre dans ses bras comme si elle ne m'avait pas vu depuis des mois. « T'inquiète pas, je ne te laisserai jamais. Je serai toujours là pour toi. »

Maman remercie madame Douret qui se rend compte qu'on a échappé au pire et j'incruste ma main dans la sienne. Toujours et à jamais liés, jamais l'un sans l'autre. « Viens, Mita, on va t'acheter un pain au chocolat. » Devant la boulangerie, je reconnais la grosse Mercedes de mes grands-parents. « Non, maman, j'ai pas faim. » Maman insiste, je fais un caprice, je suis prêt à lui lâcher la main et à partir en courant vers le raccourci de gauche, celui des deux tunnels, celui qui me fait si peur d'habitude parce qu'il est sombre avec des graffitis « sa mère la pute » et l'odeur de pipi.

Félicitations, Mita

Maman me félicite.

« Bravo mon chéri, tu as fait tout ce qu'il fallait faire et tu dois toujours avoir la même réaction. Bravo Mita, tu regardes toujours à droite et à gauche quand tu sors de l'école, tu te débrouilles pour rester avec des copains et si tu es seul, tu restes dans l'école en attendant Amine ou Linda. Bravo mon bébé, si tu vois une voiture bizarre, tu restes avec madame Douret. En attendant, on renforce ta sécurité. On va venir te chercher pendant quelques jours à l'école. Aucune inquiétude, mon amour de fils. »

Bravo Mohamed, tu dois avoir peur sept jours sur sept, vingt-quatre heures sur vingt-quatre, ce sera ta vie.

Maman m'explique.

« Tes grands-parents ont refusé notre mariage à ton père et à moi. Ils n'ont pas voulu de notre union. Tu es une victime qui n'a rien demandé. Tu es le fruit de l'amour, mais il y a des adultes très importants qui ne nous aiment pas et nous veulent du mal. En fait, les parents de ton père te considèrent comme leur Linda et Amine. »

Pour eux, je suis un bâtard, je suis un enfant qui ne sert à rien, je suis un accident dans le parcours de mon père. Une erreur qu'on cherche à enlever ? Mais pourquoi ? Pourquoi se battre pour récupérer un enfant trop nul ?

Mon père désamorce en rentrant de sa journée flipper/poker/domino.

« Mais non, tu es ridicule, tu te fais toujours du souci pour rien. Ils voulaient juste voir leur petit-fils, c'est normal quand même. Et toi, tu fais du cinéma pour tout, tu préviens la terre entière, tu te donnes en spectacle. Et je te demande, même s'ils l'enlèvent, c'est quoi le problème ? Tu sais très bien qu'il sera dans une famille de rêve, à Oran. Il aura une bonne éducation, il ne traînera pas n'importe où avec son bâtard de frère, il aura une meilleure vie qu'ici, dans ce quartier de merde et dans ce HLM pourri... »

Je vois la détresse dans le regard de maman. Si elle l'ouvre, elle s'en prend une, alors elle se tait. Moi, je suis assis au milieu, ballotté entre les deux. Je ne veux jamais perdre maman ou même la quitter. Je suis rassuré de savoir que je suis un enfant de l'amour. C'est normal que M. ait envie de voir ses parents. Pourquoi je n'ai pas de grands-parents comme tous mes potes ? C'est quoi la solution pour rendre tout le monde heureux et ne plus avoir peur de rien ? Si je pars avec M., maman ne sera plus tapée, mais elle mourra... C'est quoi, cette vie ? Des voies sans issue et des questions perdues dans un labyrinthe.

Maman est tassée dans un coin du salon. Mon père reprend sa démonstration avec une voix encore plus forte.

« Alors je te préviens, si tu m'emmerdes encore et tu fais pas bien tout comme il faut, je repars au bled avec Mita. Et si t'es sage, je te le ramènerai de temps en temps. Puis, y en marre que tu montes Mohamed contre ses grands-parents. Tu crois quoi ? Tu t'es prise pour qui ? Tu sais que tu ne peux pas m'échapper de toute façon. »

M. nous retrouvera quoi qu'il arrive, M. est trop fort. On doit tenir maman, on doit se tenir à carreau. Pas de bruit, pas de vague. Sinon on n'aura jamais la paix.

Momo Parano

Je suis déchiré entre le « Je ne veux pas faire de vague » et le « Tout peut partir en fumée à tout moment. »

Je suis terrorisé à l'idée que tout s'arrête. Ma vie peut basculer à chaque seconde. J'ai des plaques blanches dans le dos à cause du stress. Je fais des malaises à l'école. Je prends plusieurs chemins pour rentrer à la maison. Je perds du poids. Je refuse de sortir à la récréation et si j'accepte, je choisis la cour loin du portail et des regards extérieurs. Je rêve d'une alarme à la maison et de vidéosurveillance sur chacun de mes pas.

Si j'avais cédé, si je n'avais pas parlé à madame Douret, si j'avais dû rejoindre mes grands-parents, qu'est-ce que je serais devenu ? Mes nuits se transforment en parcours du combattant, en course-poursuite dans des longs couloirs, en prise d'otage, en rapt. Je me réveille en sueur et en pleurs. Maman n'est pas là, elle est déjà partie, elle a été kidnappée ? Ma sœur dort, mon frère, M. aussi. Ça va, alors. Ce soir, elle rentrera, elle me prendra dans ses bras, me dira combien je suis tout pour elle et ne peut vivre sans moi.

À sept ans, je deviens parano.

Plus jamais seuls

Les premières semaines de notre installation, nos cris et nos disputes font jaser. Même si les départs de maman sont aux aurores, les autres parents voient ses yeux au beurre noir raser la cage d'escalier et la tour devient vite au courant. En résumé, M., le père du deuxième, tabasse sa femme tout le temps et son fils de temps en temps. Pas défoncer pour une bêtise, trop de vacarme ou un retard, non, plus des claques préventives pour bien montrer que c'est lui le patron, pour faire régner la terreur et que je reste sur le qui-vive.

Nadir et Aïda Hammache appellent régulièrement la police, qui repart systématiquement après notre « Pardon, désolé, tout est rentré dans l'ordre, ça ne se reproduira pas » super bien rodé.

Un soir, la bagarre fait trop de bruit. M. est ivre, il a perdu une tonne d'argent aux jeux, il est exaspéré, il se met à cogner et comme maman résiste, ça traverse les murs. Nos voisins du troisième interviennent encore. Cette fois, les Hammache renoncent à la police et préfèrent rentrer de force dans la maison. Nadir et Aïda sont là, aux côtés de maman et de moi. Amine est sorti, Linda dort chez une copine. D'autres personnes sont enfin témoins de notre enfer. Des gens pour nous aider et pas nous dénoncer. Un papa et une maman pour nous comprendre et qu'on se sente moins seuls.

« Mais pour qui vous vous prenez, vous êtes une sombre merde. On ne tape pas son fils et sa femme. Ça suffit maintenant, faut arrêter tout ça ! Vous ne savez pas que ça se fait pas, que c'est interdit ? – Mais d'où tu te mêles de ça, dégage, toi. – Alors déjà, on fait ce qu'on veut et on se prend pour qui on est. Mais nous, on repart avec le petit. »

Aïda me prend par la main. J'admire son courage. J'ai peur de ne pas être à la hauteur.

« Il y a ma maman, je ne peux pas la laisser. – T'inquiète pas, ça va se calmer, Mohamed. Viens… »

Venir, la laisser, l'abandonner. Et si mon père tue maman… Tout sera de ma faute.

Pourtant, je ne lâche pas la main d'Aïda. Je n'ai plus la force de lutter, je n'ai plus envie de jouer au grand, je veux redevenir enfant, jouer à cache-cache parce que ça me fait rire d'avoir peur et non pas pleurer.

J'ai le regard de maman dans l'encoignure. Elle me fixe l'air de supplier, pars Mohamed, c'est normal mon petit, éloigne-toi mon fils, ce n'est pas grave, je suis solide, file Mita, ne te retourne pas, pense à toi un peu, quand tu reviendras, la tempête sera derrière nous.

Finalement, maman ne me dit rien.

Je laisse la porte se refermer et mon cœur s'emballer sans savoir si c'est de joie ou par culpabilité.

Mais c'est vrai que les murs sont fins. Et qu'il faut mettre le volume de la télé très fort pour se persuader que tout est redevenu normal.

Gardien de but

Avec l'arrivée au Franc-Moisin et sous l'impulsion de Nadir, mon foot se « professionnalise ». Aïda insiste beaucoup auprès de maman. « Ça fera du bien à Mohamed, ça le sortira de la maison, il bougera le week-end pour ses matchs, c'est important. » On m'inscrit au Cosmos Saint-Denis présidé par Mourad et j'ai deux entraînements par semaine avec Hakim. Comme je suis un peu gros pour courir, on me met dans les cages. C'est moins prestigieux qu'attaquant, mais j'ai droit à une tenue Kipsta noire XL de super héros et à des crampons Nike. Au moins, j'ai évité le maillot jaune et vert immonde des joueurs de champ.

À chaque victoire, je rêve de voir mon père m'applaudir au bord du terrain, qu'il dise que je suis le boss de mon équipe et que je suis trop fort pour arrêter les penalties. Les autres pères sont là, parfois des grands-pères. Personne ne vient pour moi. Maman n'a pas le temps, M. n'est pas intéressé.

À la fin des matchs, je reste dans les cages, à refaire mon monde. Finalement, c'est ça ma vie. Des moments de rêve où je ne suis même pas heureux.

Un deuxième salaire

M. comprend que maman est en train de lâcher physiquement et nerveusement. L'argent manque et malgré ses heures sup' à droite et à gauche, on ne s'en sort pas.

Un jour, il nous informe de sa décision d'aller bosser comme agent de sécurité dans le Leclerc d'Épinay-sur-Seine. Mon père va travailler ! La nouvelle est un choc. Il change peut-être ? Maman va pouvoir souffler un peu et s'occuper de moi.

Je suis content. M. devient un père comme les autres. Il travaille, respecte des horaires, rentre dîner le soir, prend le petit déjeuner avec nous. Maman insiste même pour qu'on aille le chercher un jour dans son hypermarché. « Une surprise, ça fera plaisir à ton père. » Je le vois débarquer dans le parking en costume-cravate. Il est beau, il en impose, il ressemble à un Men in Black. Il sort de ses poches deux CD. Un de Johnny Hallyday, l'autre de Yannick Noah. Des cadeaux pour moi. D'après la réflexion de maman, je comprends qu'il les a volés, mais au moins il a pensé à moi et a voulu me faire plaisir. Je suis aux anges. « Merci M. »

Puis c'est la deuxième semaine. La routine évolue. Il rentre de plus en plus tard et son humeur passe de toutou à pitbull. Avant de franchir la porte, il a fait une escale au café. Son visage est fermé, sa voix nous brise les tympans. Ce travail miteux, s'agglutiner dans les transports en commun. Il vit ça comme une honte, un déclassement. « T'as vu, je bosse pour tes bâtards. Ta mère, elle m'a obligé. Pourquoi je devrais bosser pour eux ? Et même pour toi. Je ne veux pas me rabaisser à ça, moi. »

Il démissionne au bout d'un mois.

Je suis choqué, déçu.

Je vois tous les papas des Francs-Moisins bosser comme des tarés et lui se bouche le nez pour aider maman et subvenir aux besoins de sa famille.

Quel nul, M.

Les Hammache

À Paris, il y avait Kader comme un second papa, gentil et protecteur, à La Plaine, je pouvais compter sur Kiki, le patron du bar au rez-de-chaussée, aux Francs-Moisins, il y a les Hammache, ma nouvelle famille.

À chaque crise de M., ils m'accueillent les bras grands ouverts. « Dès que tu as un souci, peu importe l'heure, tu montes à la maison. » C'est mon refuge, mon bunker de sécurité. Je m'échappe des coups, des cris, des insultes, je gravis les escaliers, le cœur serré et pressé. Je peux enfin reprendre mon souffle et retrouver mes yeux de môme.

Avec eux, je découvre le paradis. On mange des tartiflettes, on regarde le foot sur Canal+, on se fait des Curly en apéro, on joue au *Uno*, à *La Bonne Paye*. On rit, on parle fort mais gentiment, Nadir embrasse sa femme, leur fille Anissa devient ma meilleure amie. Quand Aïda tape sur les canalisations du chauffage, c'est pour que j'ouvre la fenêtre, le troisième invite le deuxième. « Mita, j'ai fait de la raclette, tu veux venir ? »

Ce sont des soirées de rêve, des soirées faciles, tranquilles, simples et inoubliables.

Tout devient clair dans ma tête.

Maman et ma sœur me donnent de l'amour.

Nadir et Aïda me sauvent la vie.

Je commence à adorer les Francs-Moisins. Je vois ma barre comme une grande famille d'oncles, de grands-parents, de cousins pas de mon sang, mais de mon cœur. Je découvre la solidarité, l'entraide où toutes les origines sont mélangées. Algériens, Portugais, Maliens, Tunisiens, Égyptiens. À l'Aïd, maman offre des pâtisseries orientales. On découvre le mafé des Dotcha. La galette des Rois des Duval. Le *pastel de nata* des Goncalves. « Quand on cuisine pour six, on peut cuisiner pour vingt » devient la devise. À côté de ça, je joue de plus en plus au foot, je vais au Stade de France grâce aux places offertes par la Mairie, je me fais plein de copains avec lesquels je joue, parle, mange foot. Eux sont pour le PSG, moi pour l'OM parce que maman adore Marseille…

Je découvre aussi les émeutes, la violence entre les jeunes et la police, les voitures qui brûlent, les incendies du passage à l'an 2000, les volets vite fermés pour éviter les tirs de mortiers, les courses-poursuites qui se terminent mal entre des jeunes des 4000, la cité rivale, et ceux des Francs-Moisins. Je suis trop jeune, donc je ne me fais jamais arrêter. Mon grand frère l'est souvent. Il a droit au contrôle au faciès. Ça l'énerve et il crie à l'injustice. Ça ne l'empêche pas de faire des petites conneries : rouler sans permis, moto en Y, taxer un scooter, roue arrière, roue avant, boire un peu trop. C'est un gentil suiveur avec de mauvaises influences. Maman essaie de le raisonner. Même si elle craint la police depuis sa période sans papiers et que je la vois changer de visage chaque fois qu'il y a un uniforme qui s'approche d'elle, maman n'arrête pas de me dire de ne pas faire de faux pas. « Éloigne-toi le plus possible de la police, Mohamed. Mais éloigne-toi des bandes aussi. Reste loin de tout ça, mon fils. La police, c'est juste si tes grands-parents t'enlèvent et si tu es en danger. »

Risky Business

Pour l'inciter à revenir en Algérie et après le fiasco du Leclerc, mon grand-père envoie 40 000 euros à mon père. Il ne lui dit pas : « Je te paye pour que tu rentres » ; il lui fait comprendre qu'avec cet argent, il pourrait trouver des idées pour être plus algérien que français. Mon père se décide, pourquoi pas du business. C'est une révolution, lui qui n'a pratiquement jamais travaillé de sa vie. Il s'achète un Vito Mercedes et se lance dans l'import-export de produits esthétiques entre Paris et Alger. Je ne comprends pas tous les détails, mais il est persuadé que ça lui rapportera un peu d'argent avec un risque minimum, et quand maman ose prononcer le mot de magouille ou trafic, elle se prend une telle raclée que ça nous calme tous bien comme il faut. Moi, je vois surtout que ça aura l'avantage de l'éloigner de la maison pendant de longues semaines, entre les trajets et l'écoulement des stocks au bled. C'est finalement une bonne nouvelle.

« Claques, coups de poing et de pieds, voire étranglement, les quatre enfants âgés de cinq à douze ans de cette famille du Pays de Saint-Jean ont tout subi.

Et pour eux, "ils ont toujours connu ça, c'est donc aussi normal. C'est une chronique de violence ordinaire", constate la partie civile qui insiste "sur leur courage d'avoir osé parler".

Et de constater, "pas sûr que le père manque aux enfants, tant ils sont humiliés, rabaissés, frappés. Il a bousillé leur enfance".

La petite fille de huit ans n'a jamais été "la princesse d'un papa attentionné, mais une simple poupée de chiffons".

Après une longue délibération, dans son délibéré, le tribunal condamne le père à douze mois de prison dont dix avec sursis et mise à l'épreuve pendant deux ans. »

2020, *Le Courrier Vendéen*

Des envies immondes

Alors que j'avais adoré la Coupe du monde 1998, le bar de Kiki et son ambiance, les matchs fous de l'équipe de France, les supporters partout dans notre avenue, je déteste l'Euro 2000. En fait, je ne regarde rien. Il y a trop de violence, trop de souffrance. Chaque jour à la maison, on étouffe et on frôle le drame. J'ai des pulsions de haine, je me mets sur la pointe des pieds, je bombe le torse, je veux rendre les coups. Quand je vois maman en sang sur le carrelage de la cuisine et l'air satisfait de M., j'ai des envies de meurtre, de lui planter un couteau. Je vois la panique dans les yeux de maman. Non Mita, ne fais pas ça, ce serait pire que tout. Sa panique s'entrechoque à ma rage. Mais à la fin, c'est toujours lui qui gagne. On alterne entre les urgences de l'hôpital Delafontaine et le docteur Chouraqui.

Mon oncle

Maman n'a pas la force de faire changer le cours de nos vies. La bataille est déséquilibrée, mon père a toujours le dernier mot ou la trempe finale. On va devenir quoi ? Un matin sans M. parti en Algérie, ma sœur intervient. Je suis caché dans le couloir, *mon* couloir, celui où je me cache, j'écoute aux portes, je fuis. « Il faut faire quelque chose, maman. Ça ne peut pas durer. Mita grandit. Tu es en train de lui gâcher son avenir. Alors, j'ai décidé d'appeler ton frère, Amar. – Comment ça ? Je t'ai dit de ne rien dire à personne. Je ne veux pas embêter les gens. – C'est pas “les gens”, c'est la famille et même si on les voit jamais, ton frère est là pour te protéger. Il m'a promis d'intervenir. – Mais c'est pas possible Linda, il va y avoir des représailles. En Algérie, ils vont se retourner contre… – C'est fini les menaces, tout ça. Mita ne mérite pas d'être leur cobaye. Et toi non plus. Tu as vu ta tête ? Tu as vu ce qu'il te fait ? »

Ma grande sœur est si forte, si courageuse. À son tour, elle sera la meilleure maman du monde.

Au retour de mon père, mon oncle débarque de Lyon. Il prend M. entre quatre yeux. Ils sont dans le salon, moi en espion derrière l'armoire. Amar est immense, carré comme un rugbyman avec un monosourcil jamais content. « Si tu veux rester, tu arrêtes tout ton bordel, sinon tu pars. »

Mon père ne moufte pas. Il baisse les yeux et ne promet rien. Concrètement, il nous quitte quelques semaines, il prend un petit meublé rue Jean à Saint-Ouen. La maison retrouve son calme, moi, le sommeil et l'appétit. Linda est satisfaite. Enfin, on ne va plus déranger la police et les voisins, un jour sur deux.

Le plus incroyable, c'est que j'ai droit à des surprises. Un mercredi, M. vient me chercher à l'école pour m'emmener à S-Kart, Porte de la Chapelle. Mon père à l'école ? C'est de la science-fiction, mais j'ai décidé de croire ce que je vois.

On passe l'après-midi tous les deux. M. et Mohamed. Je suis comme un dingue. Avec mon casque et ma tenue rembourrée, j'ai droit au grand jeu. La formule Karting XXL avec les tours de piste illimités, le déjeuner hamburger-frites, le goûter *donuts*, les paquets d'oursons et de crocos. Mon père est gentil, doux, prévenant. Une métamorphose.

À la fin de la journée, on s'assoit côte à côte pour partager une coupe de glace trois boules chocolat recouverte de chantilly. Je crois que je recule toujours un peu quand il s'approche de moi. Je vérifie ses mains, s'il les laisse dans les poches ou s'il les sort en un éclair pour me fouetter les joues. « Faut que tu dises à ta mère que je te manque, que je dois revenir à la maison. Je suis ton père. J'ai compris, j'ai été trop violent. Ton oncle Amar m'a fait ouvrir les yeux. Fais comprendre à ta mère que vous avez besoin de moi et moi, c'est promis, je serai plus violent. »

J'ai huit ans, mais je comprends le deal. Le karting est une monnaie d'échange.

Dès que j'en parle à maman, son visage s'illumine. Je la comprends et je ne la comprends pas. Dans la même fraction de seconde, je lui en veux d'avoir besoin de lui et de devoir s'en éloigner et de m'en priver. Je me raisonne. Forcément, elle est malheureuse sans son mari. Forcément, M. ne va pas avoir d'autre choix que de changer. Maman m'explique. On a eu des centaines de tempêtes et d'orages, quelques cyclones, des raz-de-marée et des tsunamis, des tremblements de terre et des éruptions volcaniques, mais désormais M. a peut-être compris et envie d'un grand soleil partout et tout le temps.

Oui, maman, tu as raison. C'est normal alors si je suis malheureux sans lui. J'ai peut-être besoin d'avoir mon père à la maison. Un père qui a mal commencé son histoire avec moi, mais qui est bien décidé à changer le cours de notre histoire.

« Trois ans, sept mois et un jour. C'est la durée de la courte vie du petit Tony, dont la mère Caroline L. et le beau-père Loïc V. sont jugés de ce 1er au 4 février devant la cour d'assises de la Marne. Né le 25 avril 2013, le garçonnet est décédé le 26 novembre 2016, succombant à une rupture de la rate et du pancréas. Les pompiers, puis le personnel médical du CHU de Reims ont détecté de nombreux hématomes sur son corps, ce qui les a immédiatement orientés vers la piste d'une maltraitance infantile. »

2021, *Le Figaro*

Marseille avec M.

Un vendredi, quelques jours après l'après-midi karting, mon père vient à nouveau me chercher à l'école, à l'heure du déjeuner. C'est rare puisque c'est la deuxième fois en toute une vie, imprévu puisque maman ne m'a rien dit, mais je suis content et un peu fier. C'est évident qu'il a changé et que je n'ai aucune raison de me méfier.

Il a expliqué à madame Douret, la directrice, que je devais faire les rappels de vaccin. « La cantine ? Pas grave, je m'occupe de le faire déjeuner. » Je n'aime pas du tout les piqûres, mais avec un peu de chance, j'aurai une récompense après. Je prépare déjà une liste au cas où. Déjà, je rate l'école l'après-midi, un point, hamburger pour mon repas, deux points, un Ice Tea, un point…

M. marche vite sur le trottoir. Il a l'air pressé, anxieux. On croise Fatiha, une de nos voisines de la tour d'en face. Échange de regards. Les pas s'accélèrent. Je me retourne, elle se retourne, on dirait qu'elle fait la tête. D'habitude, maman s'arrête pour échanger quelques mots, alors forcément elle doit se dire qu'on n'est pas très polis, moi et mon père. M. lève la voix. « Vite Mohamed, on est en retard. »

Vite, vite, ne pas décevoir mon père, ne pas le contrarier. Se méfier ? Non, il n'y a pas de raison, ça fait au moins un mois que M. est gentil. Et puis madame Douret ne m'aurait pas laissé s'il y avait un danger.

Je monte dans le Vito Mercedes, à l'arrière. M. démarre en trombe, verrouille les portes, me demande de remonter les pare-soleil de chaque côté de la banquette arrière. Ça fait James Bond, je suis épaté. Je trouve surtout que j'ai de la chance d'avoir un père avec une aussi belle voiture.

« Mohamed, changement de programme. Les rappels de vaccin, c'est bidon, c'était juste pour te faire sortir de l'école. Je viens d'avoir ta mère. On a décidé de partir à Marseille en week-end tous les trois. Nous, on y va en voiture et elle nous rejoint en train. Ne t'inquiète pas, tout va bien se passer. »

M. veut tellement se rattraper, montrer qu'il a changé, que c'est un autre homme. Il choisit Marseille, la ville préférée de maman et de moi. Il veut nous gâter, effacer son ardoise. Je n'en reviens pas de sa surprise. Maman aussi est trop forte. Tu peux compter sur moi, M. Tu m'as fait du mal, mais je t'aime. Je serai toujours là pour toi. Si ça se trouve, tu vas devenir le meilleur père du monde. Et tu seras enfin assorti à maman.

Porte d'Orléans. L'A6. Paris, Orly, Lyon. Il fait beau, la musique est à fond, l'humeur parfaite, M. chante.

C'est le bonheur. On va se régaler. Marseille, j'y suis déjà allé avec maman pour voir la famille de mon frère et de ma sœur. C'est une ville au soleil avec des gens qui nous ressemblent. Je vais manger des moules gratinées, du poisson grillé, des crêpes, des gaufres. Je vais passer devant le Vélodrome, prendre un Cacolac à l'OM Café et, si ça se trouve, acheter le maillot de Robert Pirès. Je vais voir la mer, nager dans la piscine. Ça va nous faire du bien d'être ensemble, de nous reposer.

Cheb Mami fait le trajet avec nous.

À la station Total, mon père se transforme en Père Noël. Sandwichs triangle Sodebo thon sauce cocktail, thon-œuf mayo, poulet rôti-crudités, duo de saumon, trois paquets de Happy Cola, des Schtroumpfs, des Super Frites Pik, des Hollywood à la menthe, des cannettes de Coca, un *Tintin* et un *Lucky Luke*. Tout y passe avec le sourire et sans reproche.

Partir en vacances avec maman et M. Le temps d'un week-end. J'aurai des trucs à raconter à ma sœur et mon frère, à Nadir et Aïda, aux copains des Francs-Moisins. On s'achètera un appareil photo jetable pour les souvenirs. Un qui va sous l'eau même. Mais on ne le racontera pas en détails à Linda et Amine pour ne pas leur faire trop de peine. C'est bizarre que maman vienne sans eux alors qu'ils ont de la famille là-bas. J'espère qu'ils ne sont pas tristes. Je leur rapporterai des coquillages et quelques poignées de sable.

Je lis mon Tintin et je suis dans le château de Moulinsart. J'espère que maman n'oubliera pas mon masque et mon tuba. Je traverse le Far West à la recherche des Dalton. Pourvu que maman ait pensé à Mita, mon doudou. M. s'arrête pour prendre de l'essence. « C'est cher le plein dans une voiture, papa. – C'est pas une voiture, c'est un Vito Mercedes. » M. prend un café, je me dégourdis les jambes dans une aire de jeu. S'il y avait un problème, mon père irait à toute vitesse.

Quand je me réveille après huit heures de route, on est à Marseille. Il fait nuit et M. s'est garé devant le Quick du Vieux-Port. Je commande un menu Giant à la vendeuse qui nous dit que c'est fermé. Mon père tape un scandale. « Mais comment ça fermé à 23 h 30, c'est quoi ce bordel ? » Je fais ma tête de malheureux, d'affamé et de honteux. Si mon père s'énerve, il peut devenir incontrôlable. « Bon, allez, dans tous les cas, ça devait aller à la poubelle, prenez ce que vous voulez, c'est cadeau, ça me fait plaisir, votre fils est trop mignon. » J'ai droit à un gentil clin d'œil de la dame.

On dévalise le Quick. « Elle est où, maman ? – Elle a raté son train. On va dormir dans la voiture et demain matin, elle sera là. – Il y a un souci avec maman ? – Non, non, ne t'inquiète pas, je sais qu'elle te manque, mais il n'y a aucun problème. – Je ne comprends pas, M. Maman aurait pas raté son train. – Écoute, tu vas pas commencer à me faire chier. C'est pas de ma faute si ta mère a raté son train. Tu lui diras demain ce que tu penses d'elle. Comme toujours, c'est ta mère qui nique le week-end et toi, tu fais la gueule. – Mais pourquoi on reste dans le van, alors ? Pourquoi on va pas déjà à l'hôtel ? – C'est ta mère qui a la réservation, elle a tous les papiers. J'aurais dû tout organiser. Heureusement qu'on a ce van grâce à ton grand-père. Au moins on peut dormir un peu. »

M. regarde beaucoup sa montre, mais je ne m'inquiète pas plus que ça. Il doit être fatigué par la route, embêté du retard de maman, préoccupé par mes questions. Et il a beaucoup chanté.

La nuit est douce malgré tout et je ne risque rien, sans doute.

Imprévu

Le matin, aux aurores, M. me prévient qu'il y a encore un changement de programme. « On va pas rejoindre ta mère tout de suite, on va prendre le bateau. » Maman m'a toujours dit que le bateau, c'était le danger. « Jamais le bateau, Mita. Le bateau, c'est la fin de nous, c'est notre mort. » Bateau, bateau, bateau, le pire mot de la langue française. *Boat*, *barco*, *barca*, *bote*, *boot*, *qarib*, *perahu*, le pire mot dans toutes les langues. « Mais pourquoi le bateau ? – On va en Algérie, on retrouvera ta mère là-bas et on passera une petite semaine de vacances. »

Je ne peux rien faire. Je suis perdu. C'est un cauchemar. Non, ce n'est pas possible. Il ne va pas me faire ça quand même, il ne va pas oser ? Pitié, je veux me réveiller. Maman, je fais quoi ? Je cours vers où ? Je m'échappe comment ? Je m'en veux d'avoir tout gobé. Il suffit de m'appâter avec de la bouffe et je tombe dans le panneau. Je suis une merde, un mauvais fils, un moins que rien, un boulet. M. a raison : je suis un abruti et je ne mérite pas maman. Je me déteste. Peut-être même que je me hais plus que je hais mon père.

Sur le quai du port, les voitures avancent pare-chocs contre pare-chocs. Au loin, le coffre ouvert d'un énorme paquebot s'apprête à m'engloutir. On dirait la bouche d'une baleine affamée. Parle, crie, merde quoi Mita, fais quelque chose, sauve ta peau. Incapable. Je suis devenu muet. Mon père n'arrête pas de contrôler dans ses rétroviseurs. Il ouvre les fenêtres, les referme, monte le son de la radio, allume une cigarette qu'il écrase après deux tafs, éteint la radio. Mon cœur va s'arrêter, il va se noyer dans mes pleurs que je garde au plus profond de moi. Les instructions, Mohamed, rappelle-toi ce que répète maman depuis toujours, si jamais tu te retrouves en difficulté, tu fais comme si de rien n'était et dès qu'il y a une opportunité, tu cours vers la police des frontières. Allez Mita, c'est ta dernière chance, après tu te volatilises dans la nature à jamais, tu ne revois plus jamais ta maman, tu te fais becter par une baleine Algerie Ferries. Ne chiale pas, ne montre rien. « Pourquoi tu fais ça, M. ? – Je fais rien, ferme-la. On va juste en Algérie, tranquillement avec ta mère, comme avant. »

Je suis paralysé. M. a réussi. Il m'a menti, trahi. J'aime autant qu'il me tabasse.

Je vais devenir quoi ?

Maman va mourir.

Restez concentré. Comptez les voitures avant la passerelle. À quel moment on montre nos papiers ? À qui ? Un employé du port crie au loin. « Le bateau va partir à 11 heures, il est 8 heures, calmez-vous, tout le monde va monter dans le bateau. » Pas moi, pitié.

J'essaie d'analyser la situation. Très loin, un gyrophare s'approche lentement. À quelques mètres, des barrières de sécurité avec un garde. Des gens partout, de l'agitation. C'est le moment. Je dois intervenir. On avance encore de quelques mètres. Trop. Je veux la marche arrière. La Peugeot 306 et sa lumière bleue clignotante s'immobilisent à côté de nous. Je vois trois policiers marcher en notre direction. « Baissez la vitre, monsieur. On voudrait faire un contrôle du véhicule. – Pas de problème, je suis avec mon fils, on a juste une valise, c'est tout. » Montre, crie, fais quelque chose. Un putain de muet. « Vous pouvez me présenter les documents d'identité de votre fils ? – Tenez. – Vous avez l'autorisation parentale de la maman ? – Non, je suis le père, ça suffit.

– Non, pour un mineur de moins de treize ans en dehors de la zone Schengen, on a besoin de l'autorisation des deux parents. Monsieur, sortez du véhicule. »

Aucun son ne sort de ma bouche.

Dans la voiture, par la lunette arrière, un policier me sourit et me fait un signe avec le pouce.

Je pleure et c'est tout.

Je lis « ça va » sur ses lèvres.

« Excusez-nous, monsieur, mais vous allez devoir nous suivre. – Mais pour qui vous vous prenez, vous ne savez pas qui je suis. Je vais en Algérie retrouver ma famille. J'ai pas besoin de cette autorisation. Demandez-lui, à mon fils, il est OK pour me suivre. – Monsieur, pas de soucis, je crois en votre bonne foi, vous n'avez qu'à nous suivre et on va régler ce problème administratif ensemble. »

On fait marche arrière.

M. est fou de rage.

On est escortés par la voiture des policiers jusqu'au commissariat du port.

À l'étage. Mon père, dans une salle, moi dans

une autre. Les policiers me donnent un chocolat chaud, me rassurent. « Mohamed, tu vas pouvoir retrouver ta maman. »

Maman ! Enfin ! Ma maman, livide et creusée. Je cours dans ses bras. On tremble à en tomber.

En passant dans le couloir, menotté, mon père crache au visage de maman. Il va passer en comparution immédiate pour rapt d'enfant. Je serai protégé, je ne risquerai plus rien, j'ai confiance en mon pays.

Dans l'après-midi, maman reçoit un appel. Mon grand-père paternel a été mis au courant par l'avocat de mon père. Si la plainte n'est pas retirée immédiatement, il s'emploiera à ruiner la vie de ma mère, de ses frères et de toute sa famille en Algérie. Je suis assez grand pour comprendre que maman est prise au piège depuis toutes ses années.

Flashback

Dans le commissariat, j'apprends que c'est la voisine qui a prévenu maman. Puis madame Douret lui a raconté l'histoire des rappels de vaccins. « Pourquoi vous ne m'avez pas signalé la rupture avec votre mari, madame Bouhafsi ? » Panique. Maman a eu la permission de quitter son travail avant la fin de son service, elle a appelé un avocat qui lui a exigé de monter en urgence un dossier au tribunal pour enfants de Bobigny et de faire un mandat d'arrêt, elle est allée à la police, elle a expliqué notre histoire, mon grand-père membre du FLN et ami des juges, son mari violent, mon enlèvement…

Si je n'ai pas traversé la Méditerranée, c'est grâce à madame Douret, à Fatiha, au patron de maman, monsieur Simon, à son avocat, aux policiers des frontières… Et un peu à la serveuse du Quick du Vieux-Port.

Ma bonne étoile.

Poisson d'avril

Le 1er avril 2001, c'est la fin de papa, mon père, M. Il disparaît de notre existence après être passé reprendre ses affaires et avoir dit qu'il sortait juste pour s'acheter des cigarettes et faire un quinté.

Ce n'est donc pas une blague.

Mes sentiments sont mêlés. Je passe de la joie à la nostalgie. La joie de ne plus être en danger, de ne plus recevoir des coups, de ne plus craindre une scène et les dégâts qui vont avec, de ne plus voir débarquer la BAC à n'importe quelle heure du jour ou de la nuit. La nostalgie de me rendre compte que je ne verrai plus jamais mon père. Parfois, ça me rend triste, mais je ne le dis à personne. Dans ces moments de doute, je culpabilise. Ma naissance a tout changé. J'ai gâché l'amour de ma mère et de M. J'ai cassé leur histoire. Je suis le seul responsable.

Mon père était-il violent avant moi ? Cette question me hante car j'en connais la réponse. Non, il était gentil, attentionné, fou amoureux. J'ai créé un monstre et j'ai rendu ma maman, la femme la plus importante de ma vie, malheureuse à jamais.

J'aurais pu le faire changer, alors ? Si j'avais été fort, courageux, valable, intéressant, j'aurais réussi à me faire aimer. OK, il ne me voulait pas, OK, j'étais venu foutre le bordel dans leur harmonie, mais si j'avais été un enfant aussi formidable que maman me le répète, j'aurais réussi, et là c'est un échec.

Je me réfugie dans le foot et dans la nourriture aussi un peu. Ma sœur s'occupe de l'intendance, des devoirs, des repas, de mon éducation.

Au niveau de l'argent, on ne manque de rien. Maman travaille toujours autant et M. n'est plus là pour tout dilapider.

Maman n'arrête pas de me rassurer, on ne va plus aller aux urgences, déranger Nadir et Aïda, on va enfin partir en vacances, changer le frigo, je vais pouvoir inviter des copains à la maison, la vie va reprendre.

En l'absence de M. et dispensé de bleus, de bosses et de plaies, je cherche de nouvelles marques.

C'est une deuxième naissance et un plongeon dans l'inconnu.

Me remplir

De la même manière que je vivais très mal l'absence de mon père dans ma vie d'enfant, qu'il ne venait jamais me voir au foot ou me chercher à l'école sauf pour m'enlever, je vis très mal son départ.

Je me réfugie dans le sucre. Je mange trop, mal et tout le temps. Je m'éclate le ventre en cachette. Je ne veux surtout pas que maman ou Linda me voient. Elles ne comprendraient pas. Moi-même, je ne me comprends pas. Qu'est-ce qui se passe dans ma tête pour éprouver le manque de ce père violent, dégueulasse, méchant ? Qu'est-ce qui est anormal chez moi ? Pourquoi mon cerveau veut le revoir ?

Je me goinfre pour oublier, j'engloutis parce que je n'ai pas de réponse. Chocapic quatre fois par jour, McDo et KFC en file indienne, Les Véritables Petits Écoliers tendre cœur par paquets, des plaquettes de chocolat au lait, des raviolis Buitoni direct dans la conserve.

17 mai 2002

Au fil des mois, la normalité ressurgit dans ma vie. Malgré ma tristesse en dents de scie, mes bourrelets que j'essaie de cacher et le sentiment d'avoir été trahi, maman fait de son mieux pour m'apporter des sourires et de la légèreté. Premier événement de cette révolution : l'anniversaire de mes dix ans. Je suis déguisé en Peter Pan. Maman a invité toute ma clique : ma voisine Anissa, Sami, son petit frère qui vient tout juste de naître, Mamadou, Sarah, Himed, Karim, Salomé. Elle a commandé à ma pâtisserie préférée de La Courneuve une tarte géante au chocolat décorée du maillot de l'équipe de France et un brownie recouvert d'un ballon en pâte d'amande bleu-blanc-rouge. J'engloutis les parts des copains quand ils ont le dos tourné. J'ai un peu honte, mais ça me fait du bien.

Niveau cadeaux, je suis pourri gâté. Je reçois le coffret collector des cassettes vidéo de Louis de Funès, mon acteur préféré. Je suis comme un dingue. Rire, grimacer, s'évader, se moquer. Un film chaque dimanche blotti à côté de maman et l'entendre rire sans baliser de voir l'autre rentrer. On commencera par *Le Corniaud*, puis *Rabbi Jacob*, *Pouic-Pouic*, *L'Aile ou la Cuisse*, *Le Petit Baigneur*, *L'Avare*, *La Zizanie*… Je déballe le ballon Adidas Fevernova de la Coupe du monde 2002, j'enfile mon nouveau maillot des Bleus offert par je sais pas qui tellement il y a du bruit, des cris, de beaux cris qui ne font pas peur. J'apprends que je vais partir en République dominicaine, dans un *resort* avec plein d'activités, maman me montre l'avion qu'on va prendre tous ensemble. Un Boeing Corsair énorme comme notre immeuble. « Tu vas découvrir le monde, mon fils. »

Je vois les larmes de maman. Je comprends qu'elle a dû travailler jour et nuit pour nous offrir un tel voyage.

All inclusive

Notre vie reprend vraiment l'été 2002.

Quinze jours à Punta Cana. Je suis heureux. Deux piscines extérieures reliées par un pont, basket, football, tennis, fitness, ping-pong, water-polo, beach-volley, canoë, plongée, parc aquatique avec jets d'eau, cascades, bassin à remous et toboggans… C'est comme les Jeux olympiques dans un hôtel.

Quand je vois les autres pères et les autres maris, je suis dévasté. Ils jouent au ballon, se marrent devant les animations, s'embrassent sur la piste de danse. J'ai fait quoi pour ne pas mériter le même traitement ? Avant moi, maman et M. s'aimaient. J'ai déstabilisé cet amour, maman a dû être partagée, c'est pour ça qu'il m'en voulait et qu'il la tapait. J'étais l'intrus, le pouilleux. Et j'ai été si idiot de croire en son changement. De lui offrir ma patience et mon indulgence malgré mes hématomes et les cicatrices de maman. Encore une dernière chance, allez, je passe l'éponge parce que je suis sûr que la prochaine fois, tu auras compris. Branlée. Rien à foutre. « Mohamed Bouhafsi, tu sers à rien. » Ah, OK M., si tu le dis, c'est qu'il doit y avoir un fond de vrai.

J'aurais dû faire quoi pour le retenir ?

Les buffets à volonté me calment. Maman se repose, bronze, profite enfin un peu. C'est donc à cause de moi si maman est seule, mais je passe mes journées à lui sourire et à lui dire : « Merci maman, c'est trop bien. » Je n'ai pas le droit de me plaindre, j'ai tout. Alors je camoufle, je garde ma carapace, je m'esclaffe.

Nos soirées se passent devant des spectacles déguisés et chantants. C'est le paradis sans M.

Je rentre avec huit kilos en plus.

Poids de forme

Puis dix kilos, quelques mois plus tard. « Mon fils, tu es le plus beau du quartier. – Mon frère, tu es le plus BG du tierquar. » Je grossis, je souris, je suis donc joyeux, j'ai des poignées d'amour, peu importe, je suis drôle, j'ai donc retrouvé goût à la vie.

Mon frère commence à me chambrer et me traite de *tefa*.

Je plais aux femmes de ma vie et c'est le plus important. Je peux manger alors. Trop, mal, tout le temps. Ça va passer. C'est une mauvaise passe, une parenthèse, un sas de décompression. De toute façon, maman a l'air contente. Elle répète en boucle que tout va bien et j'ai tendance à la croire.

Si je mens, je vais en enfer

Bizarrement, j'ai quelques mois compliqués après le départ de mon père. Le calme retrouvé ne me suffit pas. Je suis perturbé, insolent, une tête de mule. Je parle mal à maman, je traîne le soir, je bâcle mes devoirs, j'ai de mauvaises fréquentations. J'en veux à la terre entière.

À bout et en colère, maman brandit la menace de l'internat de Piscop dans le 95. Elle me fait monter de force dans la voiture. « Si tu n'es pas capable de voir ce qui est bien, je vais être obligée de trouver d'autres solutions. Avec mon travail, je rentre tard, ta sœur a ses études, on ne peut pas être sans cesse derrière toi. Et tu sais que je ne peux pas compter sur ton frère. »

Je n'ai jamais vu maman dans cet état à cause de moi. Le trajet est un supplice. Je pleure toutes les larmes de mon corps. Je dis à maman que je vais changer, elle doit me faire confiance. Pas de pension, pas une vie sans elle, pitié.

Maman finit par faire demi-tour. Elle me croit. J'ai les mêmes excuses que M.

Pardon, compris et plus jamais, promis juré.

Pour autant, maman veut que j'évite le collège de Saint-Denis. D'après madame Douret, j'ai du « potentiel » et rester « ici », ce serait me gâcher. Pour ma sixième, elle m'inscrit à Notre-Dame-de-Grâce de Passy dans le 16e. Virage à cent quatre-vingts degrés. Un cadre strict, catho et bourgeois. Je suis accepté sur dossier, le petit qu'on sort du 9-3.

Changement d'école pour moi et changement de travail pour maman. Elle arrête les va-et-vient entre Le Bourget et Villetaneuse, ses doubles services épuisants, et prend la gérance d'une brasserie à côté de la Maison de la radio. *Le Kennedy* au 12, avenue de Versailles. Trente pour cent pour maman, soixante-dix pour son associé, rencontré dans un restaurant d'entreprise quelques années auparavant. Maman a un salaire et surtout la possibilité de venir faire travailler Amine avec elle. C'est la solution idéale pour nous extraire de Saint-Denis. Parfois, je suis jaloux. Je voudrais être le seul. Pour Amine, c'est Noël, une fois par mois… Une Ford Focus, un blouson Redskins, un petit studio dans l'Aisne, loin du 9-3… « Pourquoi tu gâtes autant Amine, maman ? – Je le gâte autant pour pas qu'il ait la tentation de faire des bêtises ailleurs. »

En résumé, je suis chouchouté d'amour, Amine est chouchouté d'affaires.

Finalement, dans l'organisation, je retrouve un peu ma vie d'avant, au *Paris Athènes*. Maman est au centre de mon dispositif. Je fais mes trajets avec elle, mes devoirs au *Kennedy* après les cours et j'attends la fermeture.

Les migrants et les clandestins du *Paris Athènes* ont été remplacés par des journalistes et les techniciens de Radio France. J'écoute en cachette leur conversation, leurs échanges sur la politique. Ça fait important et plus tard je veux aussi faire des choses importantes. Mon monde change et ça me plaît. J'y croise aussi des gens que je vois à la télé. Guy Carlier, Ariane Massenet… *On ne peut pas plaire à tout le monde* est devenue mon émission préférée depuis qu'ils ont invité Jamel Debbouze.

Un jour, il y a même Bernard Tapie. Je mets une demi-heure pour oser demander un autographe. Je finis par réussir, c'est un tournant.

Mon livre de chevet devient *Bel-Ami* de Maupassant.

> *La vie est une côte. Tant qu'on monte, on regarde le sommet, et on se sent heureux ; mais, lorsqu'on arrive en haut, on aperçoit tout d'un coup la descente, et la fin, qui est la mort. Ça va lentement quand on monte, mais ça va vite quand on descend. À votre âge, on est joyeux. On espère tant de choses, qui n'arrivent jamais d'ailleurs. Au mien, on n'attend plus rien… que la mort.*

Même si mes potes se moquent en disant que j'ai des goûts de « ieuve », je suis pressé de débuter mon ascension.

« C'est une terrible nouvelle qui vient frapper la ville d'Olivet, dans le Loiret, où un garçon de cinq ans est décédé après avoir été retrouvé inanimé dix jours plus tôt par les secours. Le petit garçon souffrait alors "de graves lésions traumatiques intracrâniennes, causées par un épisode de violences récent. Son corps porte par ailleurs traces de nombreuses lésions et cicatrices, ainsi que de fractures osseuses, évoquant des violences répétées dans le temps, causées par un ou plusieurs tiers", avait indiqué, après la découverte de l'enfant, Emmanuelle Bochenek-Puren, procureure de la République d'Orléans, dans un communiqué. »

2021, *La Dépêche*

Passy, Auteuil tel est mon ghetto

Ma joie et ma bonne humeur sont mises à rude épreuve.

Dans mon collège catho, très vite, je sens que je suis différent : nom, apparence, look, capacités financières de maman. Jusqu'à présent, que ce soit à Saint-Vincent-de-Paul ou à Saint-Denis, je faisais office de privilégié. Je ne manquais jamais de rien et j'avais même toujours plus que les autres. Dans le 16e, je comprends vite que je vais rester à la traîne. La paire d'Air Max va faire le semestre, la casquette Von Dutch sera la même pour toute l'année, contrairement à ceux du collège qui en ont minimum trois différentes par mois. Le McDo de Passy ne pourra être qu'exceptionnel, une fois de temps en temps et pas en accès illimité et menus à volonté. Quand je perds mon Samsung à clapet, il n'est pas remplacé. J'ai beau pleurer, rien n'y fait.

Ma mère a décidé de payer l'intégralité de l'année scolaire dès la rentrée. « S'il m'arrive quelque chose, Mita, tu seras en sécurité. »

Mon acclimatation est à la fois simple et bizarre.

À l'heure de la cantine, monsieur Diaz, le CPE, insiste pour que je joue au volley. C'est la honte, je suis une barrique et je n'ai même pas le jogging Adidas satiné noir et or comme tout le monde. Il comprend vite que, derrière mes sourires, il y a une certaine mélancolie et des complexes. J'ai droit à ses encouragements et il me prend sous son aile. « Dans la vie, c'est pas parce qu'on est différent qu'on n'a pas ce qu'on veut. Il faut pousser, prendre des risques et faire en sorte que tout se passe. »

Parfois, j'ai droit à des Mohamed Couscous. Je pense que c'est parce que je suis un peu gros ou rebeu. Ou les deux.

Quand *Aïcha* passe à la radio, on me demande de danser.

Les filles m'apprécient, c'est la mode des Arabes à la télé et même si je suis bouboule, je suis sympa, gentil, drôle.

Je n'ai pas de peine. Je ne me sens ni jugé ni isolé. Juste un peu moqué. Je me dis que ça fait partie du folklore. Je suis exotique.

Surtout, je veux qu'on m'aime.

Toute première fois

Un soir, à la sortie du collège, je me fais pousser violemment par deux garçons de ma classe. La descente de la rue Raynouard et le poids de mon cartable Ferrari rouge me font rouler jusqu'au portail en contrebas. Je m'ouvre la tête, me déchire la chemise, mon jean. Je ressemble à Boo dans *Dragon Ball Z*, c'est la honte.

Les deux sont morts de rire. Je deviens fou. Je me relève. C'est trop humiliant, je ne mérite pas ça.

La bagarre me libère. Une baston d'enfants de onze ans. Rien de méchant, mais au moins je me sens vengé. M. aurait approuvé. Il est où ? Il devient quoi ? Il pense à moi ?

Le lendemain, un de mes adversaires est absent. La directrice vient me chercher dans la classe. Je m'assois dans son bureau, elle me fixe l'air agressif, mauvais. « Mohamed, tu es convoqué par la police. Il y a une menace de plainte contre toi. C'est inadmissible, un vrai scandale. On s'est trompés sur ton cas. Ton dossier scolaire ne fait pas tout, tu viens d'un quartier où la bagarre est la règle. Jamais j'aurais dû t'accepter dans mon établissement. Tu as une mauvaise influence. Prends tes affaires, je t'exclus du collège jusqu'à nouvel ordre. »

Elle me brûle pendant vingt minutes. Un acharnement si injuste. Je la hais.

Prévenir maman. Tout lui raconter. Elle va être tellement déçue. J'espère qu'elle va me croire. Que j'ai tapé pour me défendre et que je ne mérite pas d'être traité si méchamment.

Je déambule en pleurs sur les bords de Seine. Il est midi, maman est en plein service. Ce n'est pas le moment de la déranger. À cause de moi, on va devoir aller à la police. Pardonne-moi, maman. Je ne pensais pas que ça prendrait de telles proportions. Je suis la victime et on m'accuse.

Rue de la Faisanderie

Maman est en larmes. Le commissariat de la rue de la Faisanderie nous attend. « Pourquoi tu as fait ça ? Pourquoi tu fous tout en l'air ? C'est pas toi, c'est pas ton genre. Tu te rends compte les sacrifices ? »

J'essaie d'expliquer ce qui s'est passé, mais maman n'entend que la convocation chez les flics et le risque de ne plus me trouver un bon collège.

Heureusement, son associé est plus lucide. C'est un ancien militaire et il me pose des questions en faisant la part des choses. « Pourquoi ils t'ont fait tomber, Mohamed ? – Depuis le début de l'année, ils me cherchent. Ils n'arrêtent pas de se foutre de ma gueule. Ils disent que je suis gros, que je suis un sale Arabe… – Tu as quelque chose qui prouve ta bonne foi ? Quelque chose qui montre qu'ils étaient méchants avec toi ? »

Je lui montre mon agenda Harry Potter avec, sur une dizaine de pages autour du 11-Septembre, des « Mohamed = terroriste », « Putain de terroriste, Mohamed Ben Laden ». « C'est toi, salopard, le World Trade Center ».

Personne n'en savait rien. Ni maman ni la directrice. J'ai préféré garder ça pour moi. Devant les sanglots et l'abattement de ma mère, il propose de m'emmener au commissariat.

L'accueil est glacial.

« Vous vous rendez compte de ce que vous avez fait, jeune homme. Se bagarrer comme ça, taper l'autre sans raison, c'est d'une violence. »

Je leur montre mon agenda, les yeux remplis de larmes.

Ils comprennent qu'ils interrogent la mauvaise personne.

En une fraction de seconde, ils deviennent gentils, conciliants.

« Tu veux porter plainte pour harcèlement psychologique ? – Non, je veux juste que vous appeliez ma directrice et que vous la brûliez comme elle m'a brûlé. »

Je tiens ma vengeance. Je reviens à l'école comme un héros. Le conseil de discipline me blanchit. On me propose l'exclusion définitive de Thibault. Je refuse. Sa mère est seule, comme maman. Elle pleure autant que la mienne. Surtout, il a été abandonné par son père, comme moi.

Ma matinale

En sixième et cinquième, maman me dépose tous les matins à l'école. Elle ne veut pas que je prenne les transports en commun. Sur les trajets, dans les bouchons du périphérique extérieur, on écoute l'interview politique de Jean-Jacques Bourdin sur RMC. Nicolas Sarkozy, Dominique de Villepin, Ségolène Royal, Luc Ferry, Jean-François

Lamour… la musique, le jingle, « bonjour Jean-Pierre Raffarin »…

Maman l'adore, son ton incisif, ses questions pièges. « Maman, quand je serai grand, soit je serai l'invité de Jean-Jacques Bourdin, soit je serai à sa place. – Mon fils, un jour, tu seras à la télé… »

Après, dans les embouteillages interminables, on joue à *Des paroles et des actes.* Maman devient l'invitée, « Je m'appelle Nadine, je suis boulangère à Saint-Denis, j'ai des problèmes de transport, de travail, de sécurité, d'éducation avec mes enfants… » et moi, je dois trouver des solutions pour Nadine.

Ce sont des moments magiques. Je fais tout avec ma maman. Le petit garçon et le grand homme politique au destin national.

Puis c'est la sortie, porte de la Muette. Sur quelques mètres, entre bitume et talus d'herbe, ma tribu de lapins fait sa vie. C'est mon petit bout de campagne, mon rituel du matin, par tous les temps. Dans un coin de ma tête, bien camouflé comme le plus beau et le plus fou des secrets je me répète : « Je ne fais pas tout ça pour rien. Il faut que je sois fort pour maman qui fait tout ça pour moi. Je veux aller loin, avoir de l'ambition, réussir et briller. »

Curieux de tout

Pendant mes années collège, je ne suis plus seulement avec des Arabes et des Noirs comme à Saint-Denis. Je redécouvre la mixité, celle que j'avais connue à Saint-Vincent-de-Paul. Je fréquente la fille d'un ambassadeur, le fils d'une gardienne, le fils d'un commandant de police, celui d'un acteur, d'un prof. Je me mélange à toutes les origines, à toutes les religions. Maman y tient beaucoup. Comme dans sa vie, où ses meilleures amies sont juives et musulmanes, elle estime qu'on s'enrichit des différences. Chez nous, au Franc-Moisin, elle commence à voir l'esprit communautaire prendre le pas sur le vivre-ensemble et elle ne veut pas de ça pour moi. « Respecte toutes les maisons de Dieu et sois ouvert et tolérant, Mohamed. »

Je suis le musulman qui va au catéchisme et fait shabbat avec son meilleur pote. Je lis, je m'instruis, j'essaie de comprendre, je m'ouvre à l'histoire des religions plus qu'à un apprentissage de la foi. Le prêtre de l'église de Passy m'accompagne dans ma quête, sans jugement, sans m'obliger.

Évidemment, je ne fais jamais le Carême ni ne reçois l'hostie. Je crois surtout en ma bonne étoile et à une force au-dessus de notre tête qui doit être un fil conducteur.

Pour le reste aussi, je veux tout lire, tout savoir. Je demande à maman de me garder le moindre magazine laissé sur les tables du *Kennedy*. Je lis *Le Point*, *L'Obs*, *L'Express*, *Politis*. Je ne veux rien laisser passer. Je suis passionné, obsessionnel, curieux. J'ai soif d'apprendre.

Parfois, le foot envahit un peu trop ma vie. Faire un match, traîner avec des copains, regarder un derby avec Nadir, aller au Parc des Princes grâce à la Mairie. J'en oublie mes devoirs. Dans ce cas, maman est intraitable. Elle pleure de déception. Pas de mot, pas d'excuse bidon. Je n'ai pas fait mon devoir de SVT et donc je mérite d'être collé comme tout le monde.

Ce jour-là, je vomis de chagrin.

Je ne dois jamais décevoir maman.

Voyage scolaire

À la fin du collège, l'histoire des papiers devient vraiment un problème. Je suis Mohamed Bouhafsi avec un passeport algérien et une carte de séjour. C'est comme un boulet, un frein à main, des menottes dès le départ.

Je n'ai pas honte de mon passeport, mais honte du contrôle qui m'est réservé à l'aéroport quand on part à Rome ou à la Gare du Nord de retour de Londres. Je vois mes copains s'éloigner dans la file « Union européenne ». J'ai droit aux grands gestes de loin, pas méchants plus en mode « Tu fous quoi, tu t'es gouré ? » Je suis ressortissant d'un pays hors UE, un paria. Je ne passe pas vite au contrôle, j'ai droit aux questions et aux visas.

En plus d'être le petit gros qui s'appelle Mohamed et habite à Saint-Denis, j'ai un passeport qui ne me donne pas les mêmes droits que mes camarades, j'ai un père qui n'a pas voulu fournir les papiers nécessaires en vue de ma naturalisation pour mes treize ans.

Je suis citoyen de la République algérienne démocratique et populaire.

Je ne suis pas français.

Je le vis très mal.

Petite copine

Margaux et Lou, les princesses du collège, ne s'intéresseront jamais à moi.

Je suis un patapouf, j'habite au Franc-Moisin, une zone urbaine sensible entre le canal Saint-Denis, la rue Francis-de-Pressensé, la rue du Maréchal-Lyautey, le fort de l'Est et l'autoroute A1, je dois attendre que ma mère finisse son travail pour rentrer, je n'ai pas de père, je ne suis pas riche, je ne peux pas inviter mes copains chez moi parce que malgré les rénovations successives, ça craint. Comme je n'ai rien pour moi, je ne tente rien. Je refuse de prendre un râteau et d'être malheureux.

En résumé, j'ai une tête à regarder les jolies filles de loin.

Bye-bye Linda

En 2005, soit quatre ans après le départ de M., ma sœur adorée nous quitte.

Ma conseillère, ma protectrice, ma meilleure amie, mon alter ego, mon alliée dans les bons comme dans les mauvais moments, ma guide, ma soupape de décompression, le relais de maman sort de nos vies pour suivre la sienne.

C'est un choc, un déchirement. Je déteste qu'on m'abandonne. Mon père ne m'aimait pas et nous faisait du mal, mais Linda, c'est tout.

Comme d'habitude, je ne montre rien. Je ne manifeste aucune peine, aucun regret, aucune émotion. J'encaisse en souffrant en silence. J'essaie de me raisonner, de trouver normal qu'elle prenne son envol pour se marier et fonder une famille, même loin de moi, à Vaux-le-Pénil, à une heure et quart de route des Francs-Moisins. Linda a droit au bonheur et je refuse d'être son fardeau. Elle a déjà tant fait pour moi. J'aurais peut-être dû lui dire que je l'aime. Au moins une fois. Qu'elle ait conscience de tout le bien qu'elle m'a fait.

Désormais, le soir, je dîne seul. Je me goinfre de Kinder, de Pick-Up, de KitKat et de Petits Écoliers. Je regarde *Dawson*, *Charmed*, *Ally McBeal* sans elle et sans fou rire. Et parfois, j'ose pleurer face à personne.

Ô la belle vie, sans amours, sans soucis, sans problèmes

Grâce à mes bulletins scolaires et aux bonnes appréciations de mes professeurs de collège, j'intègre le lycée Saint-Thomas-d'Aquin, rue de Grenelle, dans le 7e. Quand j'apprends que le général de Gaulle y avait suivi sa scolarité de 1896 à 1900 et que le bâtiment est situé à côté de Sciences Po, institut de mes rêves et de mes ambitions, je vis cette admission comme un joli présage. Étant donné mon parcours, les embûches, la lutte pour obtenir des papiers, j'y vois un signe. Moi, le gamin de Saint-Denis, je vais étudier dans le lycée du général de Gaulle. Et si c'était mon tour ?

Ma vie prend un nouvel élan. Je fréquente les beaux quartiers et l'excellence. J'ai beau rentrer le soir à Saint-Denis et adorer mes voisins et ma tour, je sais que mon avenir est ailleurs.

Henry devient mon meilleur ami. Ultra du PSG, habitant rue de Sèvres, un père avenant ayant un poste très haut placé dans la finance, une mère adorable, bienveillante et à l'écoute, un appartement haussmannien magnifique à Duroc… ma rencontre du troisième type. Grâce à lui, j'intègre la bande la plus stylée du lycée. « AWMKH » (Alexandre, William, Mita, Karim, Stéphane, Henry) devient notre cri de ralliement. Henry m'intègre aux soirées bècebège, il fait en sorte que je me sente à l'aise et dans mon élément. J'ai désormais un meilleur ami, un nouveau frère. Je découvre aussi Citadium, Carhartt et

Franklin & Marshall. Je pars en voyages scolaires à Berlin et à Barcelone. J'écoute *Petit Frère* de IAM, *Laisse pas traîner ton fils* de NTM, *L'Impasse* de Kery James et *Gravé dans la roche* de Sniper. Monsieur Festis, mon professeur de SES, me fascine et me cultive. Je traîne au sous-sol de la librairie Gallimard pendant des heures. Je lis Sartre, Hugo, Zola, Stendhal et j'apprends par cœur Albert Camus. J'ai l'impression que *L'Étranger, L'Homme révolté, La Chute* et, surtout, *La Peste* ont été écrits pour moi. Je me lance dans les *happy hours* au *Basile,* le café historique de Sciences Po. Maman fait la mère et le père.

Même si je n'ai pas d'amoureuse et que les grèves m'obligent à marcher pendant des heures dans le froid pour faire Saint-Germain-des-Prés/Porte de La Chapelle et tenter de trouver un bus pas trop bondé, je suis heureux, vraiment heureux, pour la première fois de ma vie.

Je ne renie rien, je ne manque de rien, je n'ai jamais honte et je n'oublie pas. Parfois, je suis réveillé par des cauchemars. Maman est poursuivie par M., elle court dans la nuit avec son tee-shirt orange recouvert de sang. J'ai cinq ans, j'habite à Saint-Vincent-de-Paul, j'ai encore la trace de la main de M. sur ma joue. Je suffoque, tente de me raisonner. C'est fini, tout ça Mohamed. Trace, fonce, aspire juste au meilleur.

Sans (re)pères

La place d'un père, la place d'une mère dans une famille
La place de deux êtres chers censés s'aimer pour la vie
Unis par leurs volontés par les sentiments en commun
Simplement réunis on craint rien
Enfin c'est c'qu'on dit, mais pas toujours ce qu'on voit
J'ai demandé pourquoi on m'a répondu « C'est la vie »
Puis-je donner mon avis, faut que j'reste en dehors de ça
Quand l'amour s'transforme en haine et qu'on s'déchire devant moi
Voilà ce qu'il en est et c'n'est pas autrement
Comprends tant d'engouements pour l'histoire de mes tourments
Le temps évolue, j'ai fait face aux soucis
J'ai grandi, maman est là, mais papa est parti
Et là, j'ai compris qu't'as préféré tourner la page
J'étais pas du voyage et dire qu'je te croyais au paradis
Vu que l'alcool fait des ravages
Tu t'es pas rattrapé et sans même te retourner

J't'ai vu t'éloigner du rivage
Est-ce dû à ta vie merdique ? J'en sais trop rien
Devenu alcoolique, et tu fais du mal aux tiens
Combien de fois tu l'as vexée ? Combien de fois t'étais pas là ?
Combien d'bleus sur ses bras ? Car quand on aime, on ne compte pas
Tu es parti sans même que l'on ne puisse te dire au revoir
Au fond d'mon cœur, tout est devenu si noir
Tu es parti sans même que l'on ne puisse te dire au revoir
Au fond de mon cœur, il reste encore un espoir
Oh papa, si j'avais pu, j't'aurais dit « Non ne pars pas »
J'étais trop petit pour comprendre, j'ai dû grandir sans toi
Même si mama s'est bien occupé de moi
Il me manquait un repère, un père derrière moi
J'fermais les yeux et j'imaginais ton visage
J'savais juste que t'étais noir, vu mon métissage
À l'école, on me demandait ton papa, il fait quoi ?
Les autres se marraient quand moi, je ne répondais pas
Le jour où je suis tombé sur cette photo d'mariage
Le puzzle de ma vie a commencé son assemblage
J'ai enfin su à quoi tu ressemblais
Impossible d'expliquer l'effet que ça m'a fait

1990, Le téléphone sonne
Après l'orage, le soleil rayonne
Mama m'appelle et m'dit quelqu'un veut t'parler
J'ai juste entendu « allô », j'ai compris qui c'était
Quelques semaines plus tard, te voilà devant moi
Est-ce la réalité ou c'rêve que j'fais à chaque fois ?
T'es resté huit ans, puis t'es reparti
T'es retourné au pays
Tu es parti sans même que l'on ne puisse te dire au revoir
Au fond d'mon cœur, tout est devenu si noir
Tu es parti sans même que l'on ne puisse te dire au revoir…
Au fond de mon cœur, il reste encore un espoir
À la suite de ton départ, j'ai dû me faire une raison
Quand elle a dit au grand frère
« Maintenant, t'es l'homme de la maison »
Elle, si fière devenue la cause de mes souffrances
Devant nous, l'air de rien, mais qui pleurait en silence
J'aimerais plus t'en vouloir à l'inverse de mon cœur
Une rancœur, intérieure, d'avoir juste un géniteur
À toute personne délaissée, sans présence de darons
Divorcés ou décédés, qui ont juste hérité d'un nom
Oh papa, j'ai mis quatre ans pour effacer ma rancune
Un père, on en a qu'un, une mère, on en a qu'une
J'ai rangé ma fierté, j't'ai rejoint là-bas
Mes larmes ont coulé quand tu m'as pris dans tes bras
Moi, je l'ai retrouvé, d'autres n'ont pas eu cette chance

Je leur dédie ce morceau et partage leur souffrance
Ceux, victimes d'un abandon ou d'un divorce ou d'un décès
Ceux qui vivent avec le cœur blessé
Tu es parti sans même que l'on ne puisse te dire au revoir
Au fond d'mon cœur, tout est devenu si noir
Tu es parti sans même que l'on ne puisse te dire au revoir
Au fond de mon cœur, il reste encore un espoir
Tu es parti sans même que l'on ne puisse te dire au revoir
Au fond d'mon cœur, tout est devenu si noir
Tu es parti sans même que l'on ne puisse te dire au revoir
Au fond de mon cœur, il reste encore un espoir

Les mots de Sniper deviennent ma berceuse. Pour m'endormir, me dire que je ne suis pas seul et que d'autres ont connu ça. Je les répète en boucle pour me faire une armure. Dans le métro, dans la rue, dans mes moments de blues et de nostalgie. Ça m'aide, ça me soulage.

Moi aussi, je dois trouver les mots justes et des projets à la hauteur. J'espère qu'un jour je pourrai tendre la main à mon tour. Je rêve d'être utile.

« Le premier a péri entravé dans la baignoire remplie du domicile familial à Saint-Herblain (Loire-Atlantique). David, enfant mal nourri et maltraité de huit ans, avait eu le tort de réclamer à manger à un inconnu. Le second est mort après une marche forcée dans la nuit glaciale à Aire-sur-la-Lys (Pas-de-Calais). Yanis, gamin régulièrement battu de cinq ans, avait eu le tort de faire pipi au lit. »

2021, *Le Parisien*

Mon petit neveu

La naissance de Yanis me rapproche de ma sœur à nouveau. Je me sens responsable. Je me sens plus qu'un oncle ou même un frère. Je veux lui offrir tout ce qu'il mérite. Parfois, j'ai l'impression que je veux gommer mon historique et le remplir autrement, avec des égards, des câlins et des cadeaux. Yanis me replonge dans une enfance douce et insouciante. Je me revois à son âge, apeuré et démuni. Le visage tuméfié, l'arcade éclatée, la lèvre fendue.

Yanis doit recevoir l'amour que je n'ai pas reçu. Yanis doit rattraper mon temps perdu.

Inconsciemment, je veux montrer à ma sœur que si j'en suis là aujourd'hui, c'est aussi grâce à elle. Linda a été une deuxième maman alors qu'elle était une simple adolescente. Linda a su me faire grandir, m'élever. Linda a compris ce qui se jouait. Linda m'a rendu plus fort et paradoxalement plus enfant.

Je sais depuis toujours qu'elle sera une maman exceptionnelle.

Vocation

C'est au *Kennedy* que je me projette dans l'avenir. Tous les midis, je croise des journalistes les bras chargés de livres et de revues, je les observe faire des déjeuners à rallonge en devisant sur l'actualité, j'épie leurs gestes, leurs prises de notes, leur air affairé sur la marche du monde.

Le soir, à la moindre occasion, je passe des heures devant des émissions politiques. Leur cérémonial me fascine. La musique de générique, la lumière en poursuite, le dispositif du face-à-face, les rafales de questions. *100 Minutes pour convaincre*, *À vous de juger*, *Des paroles et des actes*. J'observe Mazerolle, Duhamel, Elkabbach, Chabot à la loupe. Malgré leur grand âge, je bois leur savoir. Je m'imagine à leur place, posant des questions à Jean-Pierre Raffarin sur la guerre en Irak, à Nicolas Sarkozy sur les émeutes dans les banlieues, à Ségolène Royal sur l'autorité à l'école.

Parfois, je me dis que je ferai mieux. J'aurai mon audace, mon ambition et surtout mon parcours parsemé d'obstacles comme bagage. Défendre les démunis, être un justicier, trouver des solutions auxquelles les autres n'ont pas songé… Je rêve d'un avenir dans la lumière, d'heures d'antenne, de télévision entre Fogiel et Ardisson. Un futur prestigieux. Un horizon qui me vengerait de mes premières années si difficiles.

Je vais faire comment, moi, pour accéder à cette carrière-là ? Même si j'adore le journalisme politique, les enjeux, les débats, les contradicteurs, il n'y a personne de jeune à la télé et je ne parviendrai jamais à me faire une place.

Les émissions de football sont là pour me rassurer. Mathoux, Gilardi, Margotton, Riolo, cela pourrait être moi dans quelques années. Je lis *L'Équipe*, *France Football*, *Onze Mondial*, j'écoute RMC h24, je m'amuse à écrire des petits résumés de matchs que je récite à voix haute dans le miroir de la salle de bains.

J'ai la certitude que mon chemin passera par le football.

Et en secret, je sais que je reviendrai à la politique quand je serai connu et légitime.

Daniel et moi

Lors de la Coupe du monde 2010, RMC organise le *Grand Show du football* dans l'Adidas Store des Champs-Élysées. Il est hors de question que je rate une émission. Daniel Riolo est mon idole, il représente tout ce que j'aime dans le journalisme foot, la liberté de ton et d'opinion, les avis tranchés, j'adore aussi Gilbert Brisbois, sa manière de distribuer la parole, son sens du timing et de la maîtrise de l'antenne. Même si j'habite encore à Saint-Denis et que maman est obligée de venir me chercher à minuit après l'émission, il est hors de question que je rate mon émission fétiche. J'y vais tous les soirs à 21 heures et je m'inscris à chaque quiz avec Daniel Riolo.

On gagne systématiquement.

Le producteur vient me voir pour me dire qu'on ne peut pas rafler la mise à tous les coups. Les auditeurs vont croire que c'est truqué.

J'ai l'impression de faire partie du grand monde, je souris démesurément quand je trouve une réponse sur l'OM. Daniel, lui, est une encyclopédie sur le PSG.

C'est un mois de rêve.

Mon avenir

Quelques semaines après, je décide de m'inscrire à l'Institut européen de journalisme. Pas le temps d'aller à la fac, de me chercher, je dois tout de suite entrer dans le vif du sujet.

Je balaie d'un revers de manche les critiques sur la réputation de boîte à fric de l'IEJ. Je m'en fous de faire une école hors contrat, de la réputation, du snobisme. Je suis un jeune homme pressé.

Maman et moi, on déménage dans le 16e. C'est un appartement minuscule, mais la logistique sera beaucoup plus simple et cohérente. Moins de transport pour tous les deux surtout.

Un jour, à la boulangerie en bas de mon immeuble, je croise Daniel Riolo. Je l'interpelle. Il m'invite à prendre un café. Il vient de Ris-Orangis, ses parents sont des immigrés italiens d'origine modeste. Il représente ce que j'ai au fond de mon cœur depuis des années. Il incarne ma vision du mérite. On part de très loin tous les deux, mais on ne se considère pas comme des victimes, et grâce à notre travail et à notre pugnacité, on va s'en sortir et on peut réussir.

On habite à vingt-cinq mètres l'un de l'autre et on décide de ne plus jamais se quitter. Il devient mon grand frère et je l'appelle *padre*.

Très vite, en parallèle de mes études à l'IEJ, je rentre en stage à RMC, tous les après-midi.

Hygiène de vie

Le 4 janvier 2011, j'ai un déclic après un repas au KFC avec Henry et William. Il faut que je prenne ma vie en main. Je dois faire attention à mon poids. Je découvre les légumes, le quinoa et je perds vingt-six kilos en trois mois.

Maman pense que j'ai une maladie grave. Son petit Mita fragile et victime, en danger perpétuel.

Rassure-toi, maman. Je sais ce que je fais et je vais bien. Je veux prendre mon corps en main. Je ne veux plus rien subir par sa faute. Me transformer en sumo pour compenser, oublier, déculpabiliser. C'est trop d'honneur que je lui fais. Je compte bien le dégager de mes souvenirs. Pas radicalement, mais au fil des années et de ma vie remplie autrement, par de la douceur et de belles choses.

Maman aura toujours peur pour moi. Elle sera traumatisée pour toujours. Elle confondra mes rires et mes larmes. Mes coups de moins bien et mes rhumes. Maman me verra en rémission à perpétuité.

À force d'abattre des montagnes et de la rassurer, elle finira peut-être par changer d'avis. Ou à faire mieux semblant.

Motivé comme jamais

En février 2011, je fais un stage d'une semaine au service foot de Canal+.

Un soir, Zinédine Zidane est en plateau avec Nathalie Iannetta et Grégoire Margotton pour commenter un match de Ligue des champions. Zidane est là ! Le vrai, celui de mes posters, de mes chants de supporters depuis 1998, celui qui passait en boucle sur l'écran géant du bar de Kiki en bas de notre appartement à La Plaine Saint-Denis.

Nathalie accepte gentiment de prendre la photo. Je pose ma main sur l'épaule de Zidane pour avoir l'air détendu, mais je pourrais m'évanouir.

« Ça va ? – Oui, ça va. Enfin, ça va bizarre. Je rencontre mon idole, ma légende, alors bon…
– Détends-toi. Moi, je suis comme toi, pas la peine de se mettre dans ces états, continue ton travail et tu verras, un jour, au lieu de faire une photo avec moi tu seras là pour m'interviewer. »

Je souris niaisement et je m'éclipse. Peut-être que Zizou a juste dit ça comme ça, une formule de politesse. Mais moi, ça décuple ma motivation. Dans un coin de ma tête, je sais qu'un jour, je serai face à lui pour l'interviewer.

CV

Après des stages d'observation éclair à France 3 en 2008, au journal *L'Équipe* en 2009, à Canal+ et à Radio France en février et avril 2011, je rentre en stage de trois mois à RMC en mai 2011. Mes entretiens avec le directeur éditorial ont été convaincants : ma motivation, mon envie de bien faire, d'être sur tous les fronts et le soutien indéfectible de Daniel Riolo ont fait pencher la balance du bon côté.

C'est un rêve éveillé. Ça y est, ma vie professionnelle commence. Je suis là où j'ai toujours voulu être. Les craintes accumulées lors de mon court séjour au service des infos générales de Radio France se sont envolées. Est-ce qu'on va me mettre aussi des barrières dans le journalisme sportif ? Est-ce que s'appeler Mohamed est un problème ? Est-ce qu'être issu de la banlieue, c'est un problème ? Après Daniel Riolo et Laurent Lopez, François Pesenti finit de lever toutes mes incertitudes. « Je m'en fous de ton âge, je m'en fous de tes origines, de ta religion, la seule chose qui compte, c'est ton travail. Si je te donne des responsabilités, c'est parce que tu viens chercher ces responsabilités et que tu travailles plus que tout le monde. »

Ne rien lâcher, apprendre, chercher l'excellence, comme disait maman dans la voiture avant de me déposer au collège après avoir écouté Bourdin. Je développe mon réseau, je m'acclimate à la rédaction, j'observe les meilleurs. J'arrive aux aurores au bureau, je pars le dernier, je veux impressionner, marquer les esprits. C'est un frisson, une adrénaline. J'ai le sentiment de tremper dans le bon bain. Parfois, je fais des erreurs, des boulettes de débutant. *Tu sais tourner ?* Il faut toujours dit oui, il ne faut jamais paraître surpris. Je me sens comme Richard Anconina face à Jean-Paul Belmondo dans *Itinéraire d'un enfant gâté*. Je n'ai jamais « enregistré » d'interview de ma vie, mais oui, bien sûr, je vais me débrouiller, je peux tout faire, je suis un couteau suisse. Je pars d'abord à la rencontre de Guy Forget pour commenter sa campagne de Coupe Davis. Tout se passe bien, on me félicite, bonnes questions, bon son, rien à signaler. Je dois enchaîner avec une interview exclusive de Kevin Gameiro qui arrive au PSG. Oui, bien sûr, avec plaisir, je suis un 4x4, je vous dis, je vais gérer. Je lui installe un micro-cravate, j'ai ma feuille de questions, mais contrairement à l'interview avec Guy Forget au micro main, je constate avec effroi, à mon retour au studio, que je n'ai pas de son. J'ai foiré et je me fais brûler par ma direction. Un monteur me sauve. On retrouve l'audio pour Internet, mais il n'est pas exploitable pour la radio. J'ai droit à un « Tu ne reviendras jamais de ta vie à RMC, tu es fini » qui m'empêche de dormir quelques jours…

Mais pas plus… Mon stage se termine à la fin de la semaine, le 1er août. Pour la première fois de ma vie, je pars en vacances à Bragança au Portugal avec une bande de potes. Je suis comme un fou. C'est mon *Ciel, les oiseaux et… ta mère !* J'ai envie de dire des trucs comme Youssef : « Ça fait une semaine qu'on est ici, on n'a pas suivi une seule meuf. Pour moi, c'est la honte de la terre du monde. » Je dois prendre mon envol et arrêter les vacances *all inclusive* avec maman. On a loué un appartement somptueux à quelques mètres de la piscine de la ville, j'ai mon billet d'avion non modifiable, non remboursable avec un départ le 31 juillet, ma valise m'attend déjà sur le pas de la porte.

Le 29 juillet, Gilbert Brisbois me prévient que *L'After Foot* n'a pas de producteur pour le premier week-end de reprise de la Ligue 1, les 6 et 7 août 2011, et que ce serait bien que je fasse le job. Laurent Lopez, le directeur de la rédaction, insiste : « C'est une mission assez folle, une belle opportunité professionnelle. Tu as dix-neuf ans. – Laurent, tu ne peux pas me faire ça, mon stage se termine le 31 juillet, je dois partir en vacances. – Tu sais, Mohamed, le train, il ne passe qu'une fois. »

Coup de massue et nouvelle insomnie. Laurent Lopez est toujours là pour moi, il connaît ma vie, mes épreuves, il est comme un grand frère. Finalement, j'annule mon départ. Je ne peux pas refuser. Mon destin, ma bonne étoile. Je dois faire ma place, me projeter, voire grand. Mon avenir est en train de se jouer. En un week-end, j'obtiens Stéphane Mbia, le milieu de terrain de l'OM, Jean-Louis Triaud, le président des Girondins, et Christophe Galtier, l'entraîneur de Saint-Étienne. Tous me félicitent pour mon travail et la qualité des invités et peu importe si je dois me taper vingt-deux heures de car pour aller rejoindre mes potes au Portugal.

Après des mois de piges et de CDD, je signe mon premier CDI avec RMC en novembre 2012.

« Allons enfants de la Patrie »

Je reçois le décret de ma naturalisation le 4 décembre 2013, deux ans et demi après avoir fait ma demande, le jour de mes dix-huit ans. Il est signé par le Premier ministre, Jean-Marc Ayrault, et par le ministre de l'Intérieur, Manuel Valls.

Je chante de toutes mes forces *La Marseillaise* devant la sous-préfète de Saint-Denis.

En pleurs et en refrain, je me repasse le film de mes nuits blanches devant la préfecture de Bobigny, chaque année depuis mes six ans. Je revois maman. Effondrée de devoir m'imposer ce parcours du combattant par sa faute et celle de mon géniteur si ingrat et lâche. Elle me tient la main. « Ça va, Mita, tu n'as pas froid, tu n'as pas faim, tu n'as pas envie de faire pipi ? » On reste des heures sans avancer. Je m'interdis de m'endormir, de laisser maman. Puis, c'est le petit matin, les grilles se lèvent, la cohue, les mouvements de foule recadrés par la police, des heures encore, enfin le guichet et le document de ma libération temporaire.

C'est fini, ça y est. Quoi qu'il m'arrive dans le monde, je suis français. C'est mon pays, mes valeurs, mes principes, mon drapeau, ma carte d'identité nationale et mon passeport violet. « Je n'ai pas une goutte de sang français, mais la France coule dans mes veines. » Je ressens comme Romain Gary né Roman Kacew *alias* Émile Ajar, *alias* Shatan Bogat *alias* Fosco Sinibaldi. Je suis un petit musulman d'Oran comme lui un immense juif de Vilnius. J'ai la France ancrée en moi. J'ai la France pour toujours comme identité.

Je me sens fier, délivré, apaisé.

Paix intérieure

Un jour, j'apprends par la branche de la famille oranaise que mon grand-père paternel est en train de mourir. Il est hospitalisé à l'hôpital Georges-Pompidou et vit ses dernières heures.

Bien sûr, il n'a pas demandé à me voir.

Pourtant, un matin, j'éprouve le besoin de passer. Pas dans sa chambre, mais juste dans la rue, en bas de l'hôpital, à quelques mètres de ma radio. Un signe ?

« Où que tu sois aujourd'hui je te pardonne et je te souhaite que ta deuxième vie soit la plus paisible possible. »

Je veux me construire sur le pardon. Je veux que ce soit mes seules fondations et mes uniques murs porteurs.

Et j'ai décidé de croire qu'il n'y a pas besoin qu'on demande pardon pour pardonner.

« Le petit garçon de trois ans aurait jeté le dessin d'une camarade de classe dans les toilettes jeudi dernier, ce serait là la raison de la colère de son papa. C'est la mère de l'enfant qui est allée à son secours, mais trop tard. Elle court chez la voisine et déclare que le petit est tombé dans l'escalier. Maud, sa petite sœur de cinq ans, n'a pas compris qu'il était mort, elle s'est confiée disant que son papa faisait subir des choses à son petit frère. »

2021, *Terrafemina*

Il est venu pour rien après une longue journée

C'est le 24 janvier 2018. Une journée basique : conférence de rédaction, revue de presse, déjeuner avec mes collègues, nombreux appels pour glaner des informations, bilan du mercato, organisation des prochains déplacements, présentation de *Breaking Sport* sur SFR Sport.

Quand je sors de l'émission, vers 20 h 40, mon premier réflexe est de regarder mon téléphone. J'ai reçu des centaines de notifications. Beaucoup plus que d'habitude. Des dizaines de personnes me mentionnent avant un message.

« Coucou la #TeamOM. Je mets fin à ma vie ce soir, et j'espère que @OM_Officiel redeviendra une légende et qu'il battra Paris. Merci à l'OM pour avoir été la seule source de bonheur dans ma vie. Apprenez à ces égocentriques ce qu'est le respect. Allez l'OM. »

Je suis sous le choc. Vite, je vérifie le contenu du compte. Il s'agit d'un certain Louis, fan de l'OM comme moi. Surtout, quand je remonte le fil de ses publications, je découvre que la plupart de ses tweets me mentionnent. Je suis important dans sa vie de réseaux sociaux, il réagit à toutes mes prises de parole, à mes interviews, et moi, je ne lui ai jamais répondu. Je découvre aussi que Louis est à l'Institut européen de journalisme, en partie pour me ressembler.

C'est urgent, je dois faire quelque chose.

J'appelle Magali Bonavia, la directrice de l'IEJ, pour la prévenir du danger. « OK, Mohamed, merci beaucoup. Je te tiens au courant. » Dans les minutes qui suivent, un SMS m'informe. Elle a l'adresse de Louis et la police est prévenue.

Je suis noué. Et si c'était trop tard ? Je ne tiens pas en place. Pourquoi je n'ai pas regardé ? Je dois faire plus attention. Je me sens mal. Je préviens un député. Je vais avoir du retard pour notre dîner au *Murat*. On devait s'entretenir sur les questions de supporters, ce n'est plus la priorité. Pas de problème, il est encore à l'Assemblée nationale, on convient de 22 heures.

Je m'en veux. Je n'ai jamais répondu à ce garçon et sans l'ampleur des réseaux, je serais passé au travers du drame. Magalie me rappelle. « Grâce à Bruce Toussaint et à toi, on a échappé au pire. Louis est à l'hôpital, sa maman est à ses côtés. Il est en observation, son état est stable et ses jours ne sont plus en danger. »

Louis a voulu mettre fin à ses jours ou crier fort pour que tout le monde sorte de sa torpeur.

J'essaie de retrouver mon calme. Ça va aller. Louis va s'en sortir. J'ai fait ce que je devais faire. Je prendrai de ses nouvelles un peu plus tard dans la soirée ou demain matin.

Je sors.

Mon père est dehors, face à moi. Je le reconnais en une fraction de seconde. Dix-sept ans après ce 1er avril.

Mon père, un peu vieilli, un peu moins grand, un peu moins fort, debout, immobile, comme s'il était venu me chercher au travail.

Mon père, ce fantôme.

Mon cœur se fige. Je me vide. Je ne sais pas quoi faire. Avancer vers lui, l'éviter, partir en courant, tomber dans ses bras, lui serrer la main, entendre ce qu'il a à me dire, comprendre, espérer des explications, prier pour des excuses.

Ma réflexion dure une éternité. Même le vigile à l'entrée du bâtiment constate que je ne suis pas dans mon état normal. « Ça va, monsieur

Bouhafsi ? Oui, pas de problème, ne vous inquiétez pas… merci beaucoup. »

« Salut, c'est une surprise, hein ?

— Non, ce n'est pas une surprise. Une surprise, c'est quand un père part une dizaine de jours pour le travail à Londres ou à New York et qu'à son retour, il a un cadeau pour son fils. Là, c'est un choc. »

Silence.

« On peut faire un bout de chemin ensemble. »

J'hésite, mais je sens au fond de moi que je ne peux pas lui refuser ça. Malgré tout ce qu'il nous a fait subir et après toutes ces années d'absence et d'abandon, c'est mon père et je dois accepter.

Si ça se trouve, il a envie de s'excuser. Il est là pour un *mea culpa.* Peut-être que c'est *mon* moment avec *mon* père, papa.

J'annule mon dîner avec le député pour raison

familiale impérieuse et à la place, je prends la table avec M.

On se retrouve assis face à face comme on ne l'a jamais été avant dans notre vie. Le temps est suspendu mais sans magie. Je regarde cet homme étranger, bourreau, colocataire, mon cher père. Il est venu pour quoi ?

Il me parle de sa vie, de ce qu'il fait, de sa famille, de ses trois enfants, il me demande si j'ai une compagne, il me pose des questions sur mon travail, il adore les *crispy calamari*, il me demande si je viens souvent dîner ici, il me dit qu'on lui parle beaucoup de moi à Oran, même à l'aéroport quand il donne ses papiers, on lui demande s'il est de la famille de Mohamed Bouhafsi, il aimerait bien que je fasse une interview pour le magazine d'un de ses copains en Algérie, on commande : poisson pour lui, viande pour moi.

Je ne peux rien avaler, rien boire. Je l'écoute déverser son flot de paroles sans comprendre. Je ne suis plus le petit Mohamed crédule qui croyait au week-end au soleil à Marseille. Quand je plonge dans les yeux de mon père, je suis en apnée.

Il continue sans répit. Il assène sa vérité.

« C'est comme ça, c'est la vie, peut-être que si j'étais resté, tu ne serais pas devenu ce que tu es devenu aujourd'hui. Il ne faut pas avoir de regret. Tu comprends, c'était pas facile. Il y a eu l'histoire avec ton oncle. Le frère de ta mère est venu me foutre dehors quand même. C'est pas normal. Quand j'y repense, c'est inadmissible. Et puis avec ta mère, ça n'allait pas. Ce n'était plus possible entre nous. Les coups, c'est de l'histoire ancienne, une autre époque. J'étais malheureux, je n'avais plus ma famille avec moi. J'étais déchiré entre deux pays, entre les miens et vous. C'est classe, ici. Tu viens souvent ? Tu penses quoi de la sélection algérienne ? J'aimerais bien qu'on ait un France-Algérie. Tu te souviens du match de 2001 ? Les équipes ont vraiment changé. Je n'ai aucun regret. *Li fet met.* Ce qui est passé est mort. Et puis, avec ton frère et ta sœur, ce n'était pas possible. Ça va, les coups, c'était aussi la faute de ta mère, on vivait dans des conditions compliquées, ma famille me foutait la pression pour que je rentre et je vous laisse, ça a été très très dur pour moi. Bon, sinon, j'espère être invité à ton mariage un jour et que tu vas ramener une jolie fille de chez nous. Ah, je t'ai pas dit, mon petit dernier est fan de Kylian Mbappé, j'aimerais bien récupérer un de ses maillots, tu pourrais me faire ça pour le petit, il a cinq ans, on prend un dessert, tu sais ma cadette, tu l'as bloquée sur Instagram et ce serait bien que tu la débloques, c'est ta demi-sœur quand même, un café, au fait ma fille est fan de DJ Snake, tu penses que tu pourrais lui demander une vidéo pour son anniversaire et deux places pour son prochain concert à Paris. La vie est comme ça, tu t'es construit, tout le monde t'adore, finalement j'ai fait ce que tu es devenu et *Li fet met.* »

Noël Le Graët, le président de la Fédération française de football passe devant notre table.

Il s'arrête quelques minutes pour parler.

« Bonjour Mohamed, ça va, vous allez bien, – Oui très bien merci, président, ah, on devait se faire un déjeuner, on l'a pas encore fait. – Vous ne me présentez pas à votre ami ? – Je ne suis pas son ami, je suis son père. – Mohamed, tu aurais pu nous présenter. Enchanté, monsieur et félicitations, vous avez un fils formidable. C'est un exemple pour la jeune génération. Il est très bien éduqué, il a de belles valeurs. C'est un journaliste brillant. Votre éducation est très réussie. – Oui, je sais. »

Oui, je sais. Carrément. Tout simplement. Je suis debout, en miettes. Comme si j'avais pris une droite dans la gueule. Un coup de matraque. Il n'a donc aucune décence. Comment ose-t-il ?

« Tu peux me prendre en photo ? »

Ma journée a été trop longue. M. est content. Il va pouvoir mettre le président Le Graët et lui sur son Facebook. Ses copains seront impressionnés.

Ne pas pleurer, ne pas céder, ne pas craquer. Même si je suis dans les cordes, je ne dois pas tomber au sol.

Huit ans de coups et dix-sept ans d'absence pour en arriver là. Aucun regret aucune excuse aucun pardon.

Je garde mes questions au plus profond de moi.

Est-ce que tu m'as aimé ?

Est-ce que tu m'aimes ?

Il peut partir à jamais.

Et moi pleurer. Parce que ces interrogations débordent et m'étouffent. Des larmes de dégoût, de frustration, de déception, de culpabilité, de fatigue.

Je passe une nuit blanche malgré le Lexomil. Oui, je sais ; oui, je sais… et moi je ne saurai jamais rien.

M. Bouhafsi est mon géniteur et un étranger. On n'a rien en commun et rien à partager.

« Et puis il y a aussi le résultat de l'examen interne. Le foie du bébé de vingt-deux mois éclaté, blessure fatale et cause directe d'une hémorragie. Le petit garçon avait un quart de litre de sang dans l'abdomen. Le médecin légiste ne peut s'empêcher de le souligner : "C'est énorme !" pour un être de 81 cm. "Le genre de lésion qu'on constate après un accident de voiture à grande vitesse." La comparaison permet aux jurés d'avoir une idée de la violence des coups portés, "en trente ans de carrière, je n'ai jamais vu ça".

Dans le box, Angelina, la mère de Kenzo, et Teddy, son ex-compagnon, s'accusent toujours mutuellement de ces violences mortelles commises le 14 février 2017 à Lunel. Depuis le début de la semaine, ils comparaissent devant la cour d'assises de l'Hérault. Lui pour actes de torture ou barbarie et meurtre. Elle pour complicité d'actes de torture ou barbarie et non-dénonciation de crime. »

2020, *France Bleu*

Pour le meilleur et pour le meilleur

Le travail avant tout. La réussite professionnelle. Le reste est accessoire et viendra dans un deuxième temps.

Je me suis toujours dit que je ne serai jamais en couple avant mes trente ans. Outre le fait que je veux prioriser mes projets et d'abord me concentrer sur ma carrière, l'idée d'engagement me terrorise. La peur de reproduire un schéma de violence et de cris. Mon déterminisme à ne pas savoir rendre une femme heureuse.

Mais les hasards et les coïncidences de l'existence en décident autrement.

Fin 2016, je croise Angeline une première fois au Parc des Princes après un match du Paris Saint-Germain. Je suis le PSG pour RMC Sport et je recueille les réactions des joueurs dans la zone mixte. Elle est hôtesse pour se faire de l'argent de poche. Moi qui n'accoste jamais personne, je n'ai pas le choix. Je prends son sourire et sa beauté en pleine gueule. La revoir me paraît être une évidence. Je lui propose de prendre un verre, il est minuit et quart, elle refuse. C'est mon coup de foudre.

Je repars quand même avec son numéro de téléphone. J'hésite. Elle est trop tout pour moi. Mais elle me plaît à la folie et c'est difficile de passer à autre chose. Premier message le lendemain. Rien. Deuxième message pour les fêtes de Noël. Rien. Par fierté, je décide de supprimer son numéro. Je n'ai pas la force d'être malheureux. Et je dois l'oublier avant de morfler davantage. Parfois, il m'arrive de tomber sur ses photos Instagram et de me dire qu'elle est la femme de ma vie, mais que je ne le vivrai jamais pour le savoir vraiment.

En 2018, après la Coupe du monde gagnée par les Bleus en Russie, BFM me demande de rentrer rapidement en France pour organiser les interviews des joueurs. Je prends un Moscou-Paris aux aurores. Le vol se fait au champagne, *I Will Survive* est à fond dans l'avion, les hôtesses dansent et chantent avec des écharpes bleu-blanc-rouge. Impossible de fermer l'œil malgré ma nuit blanche de la veille. J'ai une extinction de voix et le bras en miettes depuis que la garde rapprochée de Poutine m'a empoigné à cause de mon micro trop collé à la bouche du président russe lors de mon interview pour BFM. Je suis un zombie, mais je prends le temps de passer chez moi en coup de vent pour que mon coiffeur me fasse les contours de la barbe, ma coupe de cheveux et être ainsi présentable. Surtout, je cale une interview avec Olivier Giroud le lendemain matin au *Pullman* de Roissy avant son départ en vacances. Ce qui est un exploit : TF1 est partenaire officiel de l'équipe de France, et les autres chaînes – dont BFM – rament un peu pour recueillir les propos des nouveaux champions.

Je pars au palais de l'Élysée, je croise le président Macron, je lui demande quelques mots de réaction, il refuse, mais avec courtoisie, tous les joueurs sont là, leurs familles, où est passée la Coupe ?, des verres éparpillés sur les tapis, les sourires des gamins, ceux des Bleus et ceux des quartiers, des journalistes politiques très affairés et moi venant de si loin et si heureux. On a retrouvé la Coupe, c'est l'heure du perron, des chants et des photos pour la postérité.

Cinquante heures sans dormir, je reçois le SMS d'un ami, Yohan : « Frérot, je t'ai pas vu depuis un bail sauf à la télé, viens, on va boire un verre au Matignon ce soir. – Écoute Yohan, je suis cuit, demain je dois faire BFM à 7 h 50. – Mais d'où t'es fatigué, t'as tout cassé, on est champions du monde en plus, viens. »

Finalement, j'accepte. Je me fais un plan dans la tête. Fiesta 22 h 30-minuit 30, Lexomil, dodo, moto-taxi, c'est bon, je vais gérer…

À la seconde où je m'assois au *Matignon*, mon téléphone vibre. « Salut Mohamed, je suis très fatigué. Je suis dans l'obligation d'annuler notre entretien de demain matin. En plus, je ne pars plus de Roissy. Olivier Giroud. »

Mon monde s'écroule. On a déjà loué une suite au *Pullman* de Roissy, les quatre caméras sont là-bas, comment l'annoncer à mon patron, Hervé Beroud, qui a fondé beaucoup d'espoir en moi. Je suis dans le mal. J'envoie dix textos à Giroud. Pas de réponse. Je décide de harceler Michael Manuello, son agent. « Micha, tu peux pas laisser faire ça. Olivier doit pas nous planter. Même s'il fait la fête, même s'il est très fatigué, même si ce n'est plus vingt minutes comme prévu mais seulement dix. – Écoute, je vais tout faire pour qu'Olivier respecte ses engagements. Tu as toujours été droit depuis que tu suis Olivier à Montpellier, compte sur moi. »

Une heure et demie après, je reçois un SMS de Giroud. « OK Mohamed, c'est bon, Michael et toi, vous avez réussi à me convaincre. Mais je pars plus de Roissy donc demain au *Crillon* à 10 heures. »

Enfin, je peux respirer. C'est mon jackpot. J'ai réussi. Je me suis battu. Je suis comme un fou. Il est temps de faire la fête. Je m'excuse auprès de mon copain qui a eu droit à la gueule depuis mon arrivée. Il a raison, je dois profiter. Deuxième nuit blanche en perspective.

Dans l'escalier qui mène du restaurant à la boîte de nuit, je croise Angeline.

Je n'aurais jamais dû être au *Matignon*, j'aurais dû rentrer chez moi et préparer mon intervention pour la matinale de BFM, j'aurais dû partir quand Giroud a annulé notre rendez-vous, j'aurais dû être couché quand il a reconfirmé finalement. Tout est absurde. Un peu magique aussi.

« Ça va ? »

Angeline va contre toutes mes prédictions. Elle ne sait pas d'où je viens ni ce que j'ai traversé. Elle n'imagine pas ce qui me réveille la nuit. Elle ne se doute pas de mes tourments et de ma peur de mal faire. Elle ne réalise pas à quel point elle vient tout bousculer et me donner foi en l'amour.

On a les mêmes valeurs, les mêmes ambitions, la même vision du monde. Pourtant, nos mondes ne devaient pas se croiser.

« Oui, ça va. »

On ne se quittera plus.

Le premier jour du reste de ta vie

Chaque jour, je veux prouver que j'ai réussi à éviter ce qui me tendait les bras. Je veux que mon père prenne en pleine face qu'il aurait pu être fier de moi, qu'on aurait dû avoir une belle vie ensemble. Je veux que les quelques racistes que j'ai croisés se rendent compte qu'ils ont fait fausse route et que je suis un atout pour mon beau pays. Je veux surtout que tous les gamins qui ont la même enfance que la mienne se disent que si je l'ai fait, ils peuvent le faire. Mon chemin peut être emprunté par d'autres, mon histoire doit servir. Je ne suis pas un exemple, juste un espoir.

> *Dans la vie, on tourne les pages, mais on ne les déchire pas.*

Cette phrase, lue dans un ouvrage sur la guerre d'Algérie et attribuée à Houari Boumédiène, l'ancien président de l'Algérie, est ma devise de résilience. Ma colonne vertébrale depuis mon adolescence. J'avance sans me retourner. Je construis sans oublier.

Aujourd'hui, je n'ai aucune haine, aucune rancœur, aucune méchanceté contre ceux qui m'ont fait tant de mal. Je dois tout à ma maman, à ma sœur, à mon frère, à mes voisins, à mes amis, à mes profs, aux alliés dans ma tourmente. Je vis avec Angeline, la femme de ma vie qui décuple mes rêves et mes espérances. Elle m'apaise. Elle me rend plus fort. L'amour que j'ai reçu tout au long de mes jeunes années a raflé la mise. Il a foudroyé la haine et ses dérives. Il a montré qu'il serait toujours plus fort, plus puissant, plus coriace.

Je sais aussi au plus profond de moi que je ne reproduirai jamais ce que j'ai tant détesté et ce qui m'a fait autant de mal. Je le sais parce que je le regarde en face, droit dans les yeux, sans lâcheté ou sans honte. Je l'affronte pour m'en détourner définitivement. J'ai zoomé sur les coups, j'ai décortiqué toute cette violence, je ne me suis pas caché les yeux, ni bouché les oreilles. Mais c'est certain. Je ne veux plus me considérer comme une victime.

Je suis un homme apaisé.

Aujourd'hui, je n'ai que de la revanche et de l'ambition. La volonté de réussir ma vie le mieux possible. De fonder une famille, de devenir un papa poule, d'aller au foot avec mon fils, à la danse avec ma fille, ou l'inverse, de réunir tout le monde dans une grande maison près d'un champ d'oliviers avec des balançoires et des rires d'enfants, de mélanger toutes mes influences et m'enrichir de toutes les cultures, d'aller à Oran, d'expliquer d'où je viens, de transmettre, d'aider, de rendre, de briller et d'être rempli d'amour.

Épilogue

Cette année de confinement a ralenti mon action. Un *live* participatif pour faire connaître L'Enfant bleu et récolter des fonds, un groupe de travail avec Adrien Taquet, le secrétaire d'État chargé de la Protection de l'enfance, des dons de milliers de masques et de gourdes du Paris Saint-Germain. L'organisation d'un tournoi national de la Protection de l'enfance au Stade de France avec des enfants originaires de tout l'Hexagone. Une rencontre avec des adolescents en souffrance dans un centre éducatif fermé de mineurs isolés. Le chantier est immense. La détresse gigantesque.

« Impose ta chance, serre ton bonheur et va vers ton risque. À te regarder, ils s'habitueront. »

René Char

Table

Crédits

Articles de presse :

p. 11 : © Nathalie Revenu - leparisien.fr - 31.03.2020
p. 40 : © Boris De la Cruz - objectifgard.com - 27.03.2020
p. 68 : © Hocine Rouagdia - Midi Libre - 24.09.20
p. 89 : © Laure Gentil - Le Courrier Vendéen - 27.01.20
p. 94 : © Aude Bariéty - lefigaro.fr - 01.02.2021
p. 116 : © Virgile Guilhamet avec AFP - ladepeche.fr - 27.01.21
p. 135 : © Damien Delseny et Geoffroy Tomasovitch - leparisien.fr - 16.11.2020
p. 150 : © Terrafemina.com - 11.21
p. 160 : © Salah Hamdaoui - francebleu.fr - 29.10.20

Chansons :

p. 39 : « Aïcha » - Paroles et musique : Jean-Jacques Goldman - ©1996 JRG Editions Musicales
p. 131 : « Sans (re) pères »
Paroles : Bachir Baccour / Karl Appela
Musique : Karl Appela
Arrangement : Marie Serero
© 2004 Universal / MCA Music Publishing / Desh Musique

Composition et mise en pages
Nord Compo à Villeneuve-d'Ascq

PAPIER À BASE DE
FIBRES CERTIFIÉES

LAROUSSE s'engage pour
l'environnement en réduisant
l'empreinte carbone de ses livres.
Celle de cet exemplaire est de :
500 g éq. CO_2
Rendez-vous sur
www.larousse-durable.fr

Achevé d'imprimer en Italie
par Grafica Veneta SPA
Dépôt légal : novembre 2021
328402/01 – 11047060 – septembre 2021